日本古典文学の表現をどう解析するか

竹林一志
TAKEBAYASHI, Kazushi

笠間書院

『日本古典文学の表現をどう解析するか』

目次

はしがき　1
序　論　表現解析の方法……5
1　はじめに　5
2　『古今和歌集』の注釈書に対する小松英雄氏の批判　6
3　小松氏の所説と、表現解析の方法　20
4　おわりに　36
第1章　『古今和歌集』一六番歌「野辺近く…」の表現解析……38
1　はじめに　38
2　先行研究と、問題の所在　38
3　助詞「は」の機能と有脈テクスト論的観点からの解析　52
4　「伝聞・推定」の複語尾「なり」・字余り・助詞「し」の表現効果　69
5　おわりに　77

第2章　『枕草子』冒頭部「春はあけぼの…」の表現解析……79
1　はじめに　79
2　先行研究と、その問題点　81
3　代案――「メモ的叙述」としての把握　100
4　表現の二類型　109
5　おわりに　116
第3章　『大鏡』「ひよ」・『平家物語』「あたあた」の表現解析……119
1　はじめに　119
2　仮名文における重層表現　120
3　『大鏡』における重層表現　125
4　『平家物語』における重層表現　140
5　的確な表現解析のために　151

6　おわりに　153

第4章　『徒然草』第八九段「音に聞きし猫また」の表現解析……155
1　はじめに　155
2　問題の所在　157
3　複語尾「き」「けり」・視点・表現効果の相関　160
4　おわりに　170

第5章　松尾芭蕉の病中吟「旅に病んで…」の表現解析……172
1　はじめに　172
2　先行研究と、その問題点　175
3　代案——字余り・非逆接表現・助詞「は」に注目して　178
4　おわりに　196

引用文献……198
あとがき……209
索引……左開

はしがき

本書は、筆者が約十年間にわたって断続的に書いてきた日本古典文学関係の論文5本に加筆・修正を施し、新たに書き下ろした総論的な文章（「序論」）を冒頭に据えたものである。

本書の中で先ずお読みいただきたいのは「序論」である。「序論」には本書のエッセンスが凝縮されている。その後は、どの章からお読みくださっても構わない。第1章から第5章まで、作品の成立順に並べただけである。分析対象にした作品は、古代・中世・近世の各時代からランダムに選んだ。『万葉集』や『源氏物語』が対象となっていないが、作品の選定に特に意図があるわけではない。ただし、散文・韻文のいずれかに偏らないようにはした。それぞれの章（或いは、いずれか特定の章）の論旨を最初に知りたいという方は、各章末の「おわりに」をお読みいただきたい。

4年前（2005年）は、『古今和歌集』成立から1100年、『新古今和歌集』成立から800年の年、昨年（2008年）は「源氏千年紀」の年であり、それぞれ、イベントや書籍の刊行があった。また、近年、新編日本古典文学全集（小学館）・新日本古典文学大系（岩波書店）という、日本古典文学の代表的全集（旧全集・旧大系のリニューアル版）が完成し、林望氏や山口仲美氏の執筆による、日本古典文学の「すらすら読める」シリーズ（講談社）も刊行されている。『徒然草』を上達論という観点から捉えた『使える！『徒然草』』（齋藤孝、PHP新書、２００５年）のような本も出版されている。驚いたのは、『奥の細道』をはじめとして日本古典文学の鉛筆なぞり書きシリーズ（ポプラ社、角川SSコミュニケーションズ、等）が爆発的に売れたことである。

日本文学に限らず、長い年月を生き、多くの人々に親しまれてきた古典には、計り知れない魅力がある。しかし、この計り知れない魅力を持つ古典の、磨き抜かれた言語表現を十分に理解・享受するのは、容易なことではない。容易でないから面白いのだとも言える。古典の「面白さ」を味わう世界に入るのには「鍵」が必要である。本書では、この「鍵」を「表現解析の方法」と呼んでいる。適切な方法で表現を読み解いてこそ古典の素晴らしさを満喫できる。

それでは、素晴らしい古典の世界に入ることを可能にしてくれる「鍵」（「表現解析の方法」）とは何か。それは、〈巨視的観点と微視的観点を調和させつつ読むこと〉である。本書では、この読み方を強調している。

言語表現の解析に限らず、一般に、物事を理解し考える際には、巨視的観点と微視的観点の両方が必要である（姜尚中『姜尚中の政治学入門』〔集英社新書、２００６年〕の「あとがき」を参照）。そして、これら二つの観点のいずれかを優先させるのではなく、両者がうまく噛み合うようにすることが大切である。

本書で表現解析の対象にしているのは日本の古典文学作品であるが、言語表現全般を射程に入れている。本書が、日本古典文学を含め、言語表現についての理解・研究に資するものであればと願っている。

序論　表現解析の方法

1　はじめに

小松英雄氏は、一連の著作で、日本古典文学の表現に関する従来の研究や注釈書に「方法」が欠如していることを指摘している（本書巻末「引用文献」の文献55〜57、59、62〜64）。その批判は当を得たものであると考えられる。

この「序論」では、まず、『古今和歌集』の注釈書に対する小松氏の批判を見る（第2節）。そして、基本的には小松氏の見方を支持・継承しつつ、小松氏による表現解析にも検討の余地があることを指摘し、次のことを主張する（第3節）。

表現解析においては、巨視的観点と微視的観点の両方が必要であり、これら二つの観点を調和させつつ対象にアプローチすべきである。

2 『古今和歌集』の注釈書に対する小松英雄氏の批判

2・1 本節の内容

本節では、『古今和歌集』の注釈書に対する小松（文献59、62）の批判を概観する。まず、批判の中心となっているポイントを見、その後、問題点が指摘されている具体的事例を挙げる。

2・2 批判の概要

小松（文献62：16［頁］）は次のように述べている。

一般に、なにか研究を手掛けようとする場合に、まず必要なのは、その領域の研究が、現在、どういう段階まで到達できているか、すなわち、その領域の state of the art を的確に把握することである。研究の達成度を確認したうえで的確に方向づけなければ、価値ある成果は期待できない。研究などと大げさに構えなくても、なにかについて正確な知識を得たいとか、厳密に考えてみようとかする場合には、その領域における研究の到達水準を客観的に把握することから出発するのが正統の手順である。

〈研究においては、まず、state of the art を的確に把握せよ〉という小松氏の言は、きわめて重要である。研究史を無視して（或いは軽視して）自分の見方を述べるのは、学問とは言えないであろう。古典文学作品の表現解析にあたっても、研究の到達水準を確認した上で立論する必要がある。本書（この拙著）の各章でも、考察対象（『古今和歌集』一六番歌、『枕草子』冒頭部など）に関する研究の到達水準を踏まえ、先行研究の論を検討した後に、筆者の見方を提示する。なお、本書で先行研究の説を紹介する際には、できるだけ、その研究者の表現を直接引用する形をとる。下手に要約するよりも直接引用するほうが、当該の説を正確に紹介できると考えるからである。長い引用も少なくないが、意を汲んで、お許しいただきたい。

さて、小松（文献62：16-17）は、『古今和歌集』の和歌表現に関する研究の到達水準について次のように言う。

『古今和歌集』の和歌表現に関する研究の現状をみると、専門研究者たちの多くは高い水準に到達しているという自己評価に安住しており、それと同じ認識は、専門研究者に対する信頼として一般社会にも定着している。しかし、筆者は言語研究にたずさわる一人として、自画自賛の高い評価を容認することはできない。『古今和歌集』の場合には、特定の和歌の表現解析が不十分であるとか、部分的な読み誤りがあるとかいう観点で注釈書をチェックしても問題は解決しない。……建物全体が傾斜していれば、どの柱も同じ方向に同じ角度で傾斜しているようなものであって、個別的な取り組み（tactics）ではなく、そのもとになっている巨視的な方略（strategy）を根本から検討しなおす必要がある。……事実上、この歌集のすべての和歌表現はまともに解析されておらず、そのために歌集の全体像も大きく歪められている。和歌表現の解析に関するかぎり、信頼すべき、あるいは、すくなくとも容認できる『古今和歌集』の注釈書がひとつもないという発見は筆者にとって大きな驚きであった。日本語の韻文史が、詩的な言語表現の深化として跡づけられておらず、断続平衡（punctuated equilibrium）のモデル[1]における一段階として把握されていないために、平安時代の和歌表現を解析する基本的方法が見いだされていない。というよりも、その必要が認識されていない。

また、小松（文献59：97、99）には次のようにある。

> 『古今和歌集』に研究史とよぶべきものはない（竹林注：傍線は原文のもの）。なぜなら、いかなる研究にも、明確な目的と、その目的を達成するための方法とが不可欠だからである。歌学は作歌のための実学であり、近代的意味における研究ではなかった。歌学は科学ではなかった。その伝統を継承した現今の注釈にも方法が欠如しているから、表現の核心に迫れない。……『古今和歌集』の和歌が理解されていな

いのは、この歌集に特有の和歌表現を的確に解析する方法が欠如しているからである。欠如しているとは、批判の対象とすべき素朴な方法すら存在しないという意味である。方法ということばに接する機会は多いが、方法とは、特定の目的を達成するために策定される方略（ストラテジー、strategy）であるから、当然ながら、目的が方法に先行する。しかし、どの注釈書を見ても、注釈の目的が筆者には理解できない。刊行年次が新しいだけで進歩の跡が認められないことは、研究の成果ではないことを意味している。

小松氏の批判のポイントは、従来、『古今和歌集』の和歌表現を的確に解析する「方法」（特定の目的を達成するために策定される方略）が欠如しており、その「方法」の必要性すら認識されてこなかった、ということである。

（1）「断続平衡（punctuated equilibrium）」について小松（文献62：17）は次のように述べている。

断続平衡とは進化論の用語の比喩的な転用である。要するに、長い安定期のあとに、短い変化期があり、つぎの安定期を迎える、という過程を繰り返して進化が進行することをいう。

「断続平衡のモデル」については、小松（文献56：365‐368、文献59：1‐2）に要約がある。

それでは、小松氏は、どのような事例を根拠として上のように述べているのであろうか。次節（2・3節）では、『古今和歌集』の注釈書に対する小松（文献62）の批判を具体的に見てみたい。

2・3　批判の具体例

以下では、『古今和歌集』の二一五番歌と五九七番歌に関する、小松（文献62）の注釈書批判を見る。

2・3・1　『古今和歌集』二一五番歌に関して

小松（文献62：45-47）は、次の『古今和歌集』二一五番歌について注釈書の見方を批判する。

　是貞親王の家の歌合の歌　　　　詠み人知らず
奥山に　紅葉ふみ分け　鳴く鹿の　声聞くときぞ　秋は悲しき（秋歌上）

小松（文献62：46-47）は次のように言う。

この和歌は猿丸大夫の作として『百人一首』にも収録され、広く知られているが、第二句の「踏み分け」について、鹿が踏み分けるのか、人が踏み分けるのか、古来、注釈書の見解が分かれたままである。[2] この和歌の表現は、どちらが踏み分けると読んでも自然であるし、好みを介入させなければ、どちらとして読んだほうがいっそう味わい深い和歌になるとも決めにくい。……撰者は、どちらに読んだのであろうか。この歌集には、ふたつの理解のどちらが正しいか決着のついていない和歌

（2）竹岡（文献81：623-624）を参照されたい。片桐（文献45：839）は次のように述べている。
「奥山にもみぢ踏み分け」については、①「鹿がもみじを踏み分けて奥山に入って鳴くのを人が聞く」とする説と、②「人がもみじを踏み分けて奥山に分け入り、鹿の声を聞く」とする説がある。近年は、『百人一首』の注釈を含めて、②説が有力になっているが、その根拠は、『新撰万葉集』において、この歌が「奥山丹　黄葉踏別　鳴麋之音聆時曾　秋者金敷」と和歌を記しているのに対して、「秋山寂々トシテ葉零々タリ　麋《ビ》鹿《ロク》ノ鳴音《ナクコヱ》数《アマタ》ノ処《トコロ》ニ聆《キコ》ユ　勝地尋ネ来リテ遊宴スル処　朋《トモ》無ク酒無ク意《ココロ》猶シ冷《スサマ》シ」という漢詩を合わされているからである。そもそも、『新撰万葉集』の漢詩と和歌を比較すると、漢詩はかならずしも和歌の直訳にはなっていないので、漢詩に従って和歌を解釈しなければならぬことはないが、菅原道真とされる漢詩の作者が、この和歌の第一次享受者であったことは確かである。また、前歌が「山里は秋こそことにわびしけれ鹿の鳴く音に目をさましつつ」というように、山里で生活する人が鹿の鳴く声に究極の秋の悲しみを歌っていることを思えば、この歌も、俗を厭離し、山居に憧れて、奥山を尋ねた人が、鹿の鳴く声に悲秋の極地を感じたとする方がよいと思うのである。

が珍しくないから、それは大きな問題であるが、注釈書にはそういう視点が欠如している。平安時代の人たちなら、一方にしか理解しなかったとか、ふたとおりの可能性があることに撰者が気づかなかったとか、どちらに読んでも秀作であると評価して収録したとか、そういうことは考えがたい。……複線構造の技法にもさまざまのヴァラエティーがある。この和歌の場合は、ふたつの和歌を〈みそひと文字〉に綯いまぜにして、一首が二首に、そして、二首が一首に仕立てあげられているところに独創がある。「奥山に　紅葉ふみ分け鳴く鹿の」という和歌と、「奥山に紅葉ふみ分け　鳴く鹿の声聞くときぞ」というもうひとつの和歌とを重ねて読み取れば、奥山で紅葉を踏み分けながら妻を求めて切なく鳴いているシカの声を、人もまた紅葉を踏み分けながら聞き、シカの鳴き声に触発されて恋しい女性のことを切なく偲び、秋の季節の悲しさをしみじみと味わっている、という情景が合成される。

上の二一五番歌に限らず、『古今和歌集』の和歌表現が適切に解析されていない主な原因は、同和歌集に採録されている和歌の持つ「複線構造による多重表現」としての性質が十分に認識されていないところにある、というのが小松（文献62）の主張である。[3]「複線構造による多重表現」については、本書第1章・第3章2節でも言及するが、この多重表現は仮名（「平仮名」ではない）という文字体系と密接に関連している。小松（文献64：81）は次のように述べている。

仮名文テクストの表現を理解するためには、仮名とはどういう特質をそなえた文字

(3)　二一五番歌については、小松(文献59・55-57)でも論じられている。そこでは、注釈書の問題点が次のように指摘されている。

(竹林注:二一五番歌は)どこにも重ね合わせはなさそうにみえるが、声に出すと、つぎのふたとおりになる。

①「奥山に紅葉踏み分け#鳴く鹿の声聞くときぞ#」と読めば、紅葉を踏み分けるのは人間である。

②「奥山に紅葉踏み分け鳴く鹿の#」と読めば、紅葉を踏み分けるのは鹿である。どちらに理解すべきか、古来、見解が分かれている。菅原道真撰と伝えられる『新撰万葉集』の詩を根拠にして①とみなす注釈書もあるが(新日本古典文学大系)、和歌は和歌として理解すべきである。……この「紅葉」はハギの紅葉であると注記している注釈書が多い。根拠は、このあとに「秋萩」とシカをセットにした和歌が続いていることである。「秋草の紅葉を踏み分けて行き」(新日本古典文学大系)、という現代語訳も、散り敷いた紅葉ではないとみなす立場であろう。この注釈者は、枯草でもモミジと言うのであろうか。この和歌の理解を左右するのは、直前にあるつぎの和歌である。

やまさとは　あきこそことに　わひしけれ　しかのなくねに　めをさましつつ[古今・秋上・二一四・壬生忠岑・詞書は二一五と同じ]

山里は、秋こそことに、侘びしけれ、鹿の鳴く音に、目をさましつつ

ハギとは何の関係もない。肝心なことを疎かにして、どの植物の紅葉であるかにこだわったりするのは、歌学の負の遺産である。(pp・55-56)

だったのか、そして、仮名文は仮名文字のどういう特質をどのように生かして書かれているかをわきまえておくことが不可欠です。

古典文学の表現解析のためには、当時の文字体系・書記様式のあり方についての正確な理解が必要である（文献56～58、62～64、等を参照）。

2・3・2 『古今和歌集』五九七番歌に関して

また、小松（文献62：57-66）は、「近年の注釈書のひとつにみえる不適切な解析の一例」（p・57）として、『古今和歌集』五九七番歌における「迷」の読み方の問題点を指摘している。

題知らず　　紀貫之

我が恋は　知らぬ山路に　あらなくに　迷心ぞ　わびしかりける（恋歌二）

小島・新井（文献53）は、上の「迷」を「まよふ」と読み、次のように現代語訳している。

わたくしの恋は、不案内な山道でもないのに、初めての山道に迷うように恋に乱れ迷う、そんな恋心がつらいことです。

こうした見方に対し、小松（文献62：58）は下のように言う。

この注釈書では、平安前期のマヨフと現代語〈まよう〉とが実質的に等価とみなされている。それが、この注釈書の最初のつまずきである。

小松（文献62：58-60）は、「平安時代の動詞マヨフは、布の縦糸や横糸が乱れて一方に片寄ることをさす語であった」とする。また、「織物の糸が片寄る、という具象的意味から、間違った方向にそれる、本筋を外れる、という抽象的意味が派生し、さらに、どれが本筋なのか判別できない、という意味にまで抽象化された」と述べる。そして、上掲の五九七番歌について次のように言う。

この和歌の第四句が「まよふ心ぞ」なら、マヨフは本来の具象的意味ではないから、一首の趣旨は、恋の道は知っているつもりなのに、このたびの恋は間違った道に入り込んでゆく気持ちがする。それがつらい、という嘆きになる。恋歌にふさわしい思わせぶりのようでもあるが、間違った道の意味がはっきりしない。もし、マヨフの意味が現代語と同じ程度に抽象化されていたなら、どちらの道を選んでよいのかわからない心理状態にある。それがつらい、という表現になる。複数の異性のうち、だれを選択すべきかわからないとか、関係を継続するか断絶するか、決断がつかずに悩んでいるといったことになるが、結論をいえば、その可能性はない。「我が恋は」の和歌の場合、具象的意味の動詞を抽象的意味に転用したところに紀貫之の独創があるとか、そこがこの和歌表現のおもしろさであるとか説明したら、転用の筋道が自然であるだけに積極的に否定するのは難しくなるが、その点を保留しても、この注釈書の理解には決定的な難点がある。それは、迷いの内容が右に推察したようなことであったなら、そういう迷いは、ほとんどあらゆる恋につきものであって、「知らぬ山路」で経験する迷い、すなわち、初めての恋に特有の迷いではないことである。したがって、抽象化による転用という説明でつじつまを合わせても、和歌の内容は空疎であり、韻文として心に訴えるものがない。そのインパクトがなければ勅撰集に採録されるほどの秀歌ではありえない。(pp・59-60)

さらに、小松(文献62:61)は、小島・新井(文献53)以外の諸注釈書が、五九七番歌の「迷」を「まどふ」と読んでいたり、振り仮名なしで「迷ふ」としていたりすることに関して、次のように見る。

校訂テクストは「まどふ」、「まよふ」、「迷ふ」と相違していても、現代語訳は、すべて〈迷う〉になっている。事実上、マヨフとマドフとは同義語であり、現代語の〈迷う〉に相当するという決め込みがあるらしい。

そして、「平安初期の「まどふ」は、〈心が混乱する〉、〈どうしてよいかわからなくなる〉、〈途方にくれる〉という意味であった」(p・61)として、下のように述べる。[4]

この和歌の第四句が「まどふ心ぞ」であるとしたら、ここは、〈この山道には馴れ

> ているはずなのに、初めての山道で、どの方向にどのように進んでよいのか見当がつかずに困り果てるのと同じように、適切な身の処しかたがわからず、途方にくれる、この気持ちがやるせない〉という意味になり、まるで初めての恋のようにという一首の趣旨が素直に理解できる。（p・62）

言葉をよく理解した上でテクストの整定や表現解析を行う必要がある、というのが小松（文献62）の主張である。小松（文献62・64）は次のように言う。

> この歌集（竹林注：『古今和歌集』）の和歌は、いずれも、一字一句をおろそかにせず、短い詩形の枠を独創的技法で克服し、豊かな表現を実現しようとした苦心の作である。そういう抜き差しならない条件のもとに作られた和歌の語句を不用意に他の語句と入れ換えたりしたのでは、ひととおり意味はつうじても全体の表現が死んでしまう。

和歌の表現解析に限らず、文学作品を対象とした研究において、言葉についての精確な理解は必要不可欠である。小松（文献56・12‐13）は次のように述べている。

> 個々の表現が言語のレヴェルで的確に解明されていなければ、あやふやな理解を基

（4）小松（文献62・65）は、「まどふ」が平安前期には「まとふ」であったことを記している。

盤にして構築された作品論や作家論の信頼性は、読み誤りの度合いに応じて損なわれる。換言するなら、言語表現のレヴェルにおける的確な理解が、作品論や作家論の信憑性を直接に左右する。

文学作品が言葉によって綴られるものである以上、文学研究において言葉の精確な理解が極めて重要であることは自明の理である。しかし、このことを文学研究者はどれだけ意識し、「言語表現のレヴェルにおける的確な理解」のために努めているであろうか（かめい［文献49：93-122］を参照）。

例えば、近代日本文学の研究者である石原千秋氏は、その著書の中で次のように言う。国語学者の大野晋は、「は」はすでに知っているモノについて使い、「が」はまだ知らないモノについて使うのだと言う。たとえば、「君の名前は何ですか？」と聞かれれば、「僕は、石原です。」と答える。質問した相手は僕のことは知っていて（あるいは、僕をすでに目の前にしていて）、名前だけを知らないという時の答え方である。ところが、「石原さんは、どなたですか？」と聞かれれば、「僕が、石原です。」と答える。質問した相手は、僕の名前だけは知っているが、僕自身のことは知らないという時の答え方である。説明されるとナールホドと思う。（石原［文献16：242］。傍線、竹林）

しかし、助詞「は」「が」の用法について少し考えてみれば、「「は」はすでに知っているモノについて使い、「が」はまだ知らないモノについて使う」というような見方が不適切であることに気づくはずである。[5]「説明されるとナールホドと思う」という石原氏の言は、日本語母語話者としての直観を十分に働かせて「は」「が」の用法を分析せずに（また、「は」「が」に関する様々な先行研究を踏まえずに）、「国語学者の大野晋」の説を無批判に受け入れていることを示している。

2・4　小松氏の呼びかけ

上では、『古今和歌集』の注釈書に対する小松（文献62）の批判を見た。『古今和歌集』のみならず、小松（文献55、61、63）では、『徒然草』『枕草子』『土左日記』等に関する先行研究・注釈書も批判の対象となっている。小松（文献64：10）は次のように呼びかけている。

注釈書は、その作品の隅々まで対象にしなければならないので、血の滲むような努力が必要でしょう。そういう努力の成果が間違いだらけだと指摘されたら嬉しいはずがないことは、筆者も十分に理解しているつもりです。しかし、ひとつの仕事は

（5）大野説の問題点については、本書第5章3・3節ならびに竹林（文献85：132-133、179-182）を参照されたい。

つぎの仕事によって更新され、それがさらに更新されるという過程の積み重ねによらなければ水準の向上は期待できません。そのことを互いに理解しあえる日が来ることを筆者は切に望んでいます。先行する注釈書よりも進歩していなければ、もうひとつの注釈書を世に出す意味はありません。大切な文化財の真の姿を覆い隠している泥やほこりを協力して取り払いましょう。

3　小松氏の所説と、表現解析の方法

3・1　本節の内容

前節（第2節）で見た、『古今和歌集』の注釈書に対する小松氏の批判は、正鵠を射ていると考えられる。小松（文献63：329）には「筆者（竹林注：小松氏のこと）にとって残念なのは、『徒然草』や『古今和歌集』などについて提示してきた新たな解釈が古典文学の専門研究者の多くに、事実上、無視されつづけてきたことです」とあるが、今後、日本古典文学の表現解析において、小松氏の見方や論、対象へのアプローチのし方（小松［文献62：6-8］を参照）を十分に理解し、継承していく必要があろう。(6)

（6）日本古典文学についての小松氏の著書は、『東大教師が新入生にすすめる本』（文春新書）［文藝春秋編、文藝春秋、2004年］で複数の東京大学教員によって推薦されている。

苅部直氏（日本政治思想史［竹林注：専門分野は同書に記載されているもの。以下、同様］）は『徒然草抜書』（文献55）について次のように書いている。

時代の用法に即しつつ一語一句の意味を緻密に検証する、テクスト読解の基本姿勢を教えてくれる本。日本語史研究の蓄積を豊富に用いながら「通説」を打ち破ってゆく筆致は、まさしく戦慄的である。筆者に匹敵するような、言語に対する敏感さと、それに裏づけられた想像力を備える思想史・文学史研究者が、いったい何人いることか。（p・151）

また、大津透氏（日本古代史）は『徒然草抜書』（文献55）と『やまとうた』（文献56）について次のように言う。

徒然草も古今集も手垢にまみれた古典であるが、国語学者の著者が、徹底した文献学的批判により、従来の注釈の不備を明らかにしていく。古典解釈の名のもとに進められた注釈・通説がいかにあやういものか。定家により確立する歌学の伝統がどれほど古今集と異質であったか。面白さのわからない解釈は誤りであることを確認させてくれ、今日なおなすべきことが多いという自信を与えてくれる。（p・190）

苅部氏も大津氏も日本古典文学や日本語学の所謂「専門家」ではないが、小松氏の研究の凄味は専門外の研究者に十分に伝わることが分かる。なお、上で「所謂「専門家」ではないが」としたことに関して付言すると、筆者（竹林）は、「専門」「非専門」という枠には、あまり意味がないと考えている。「専門家」と言われる（或いは、そう自称する）人であっても、研究対象の本質を捉えそこなっていることが多い（小松［文献62：6］を参照）。その一方、専門外の人に事の本質がよく見えるということもある。要は、「専門家」であれ「非専門家」であれ、物事を観る鋭い眼と強靭な思考力を持っていることが大切であると言えよう。

なお、古典文学の表現を分析したものではないが、小松氏の『日本語はなぜ変化するか』（笠間書院、1999年）も、上掲書『東大教師が新入生にすすめる本』の中で月本雅幸氏（国語学）が次のように推薦している。

日本語の歴史について述べた書物が、この時代の日本語はこのようなものであったと事実を延々と列挙することが多い中にあって、本書は日本語が時代と共に変化してきた要因を探ろうとするもの。著者は日本語が体系の歪みを整えて言語の運用効率を高める方向に変化したとする。一般社会人や学生を読者に想定しているが、論は斬新で専門家にとっても有益である。（p・393）

しかし、小松氏による表現解析にも、なお検討の余地がありそうである。

本節（第3節）では、小松氏の論を見ながら、表現解析の方法として如何なるものが望ましいかということについて筆者の見方を提示したい（小松説についての詳しい検討は第1章・第2章で行う）。

3・2　『古今和歌集』一六番歌に関する小松説

小松（文献56、62）は、『古今和歌集』から十首余りの和歌を選び、それらの表現解析を行なっている（ただし、論述の過程で、相当多くの和歌について表現解析がなされている）。以下では、一六番歌についての小松氏の分析を見てみる。

一六番歌とは次の歌である（本文は佐伯［文献67］に拠る）。

題しらず　　　　　　　　　　　　　　　　　　　　読人しらず
野辺ちかくいへゐしせれば　鶯のなくなるこゑはあさなあさなきく（春歌上）

小松（文献56、62）は、上の和歌を〈野辺近くに住んでいるために鶯の鳴き声を朝ごとに聞ける、その素朴な喜びを表現したもの〉とする諸注釈書の見方を次のように批判する。

詠み人知らずの和歌は、『古今和歌集』の古層をなしており、時期的には『万葉集』に近いというのが共通理解である。そういう理解に基づくなら、この和歌は素朴な情緒の端的な表明であるし、また、それ以上のものでもない。しかし、この歌集の和歌は、すべて、『古今和歌集』にふさわしい詠風の作品として撰録されているはずだという仮説のもとに考えるなら、素朴な情緒の端的な表明という理解には再考の余地がある。『古今和歌集』の物差しは『万葉集』の物差しと同じではない。その採録基準は、豊かな表現として解凍されるべき〈みそひと文字〉でなければならなかった。言い換えるなら、適切に解凍することによって、はじめて「ひとの心」が生き生きと浮かびあがってくる。それが『古今和歌集』の和歌である。（小松［文献62：110］）

そして、一六番歌の第三句以下の表現（鶯のなくなるこゑはあさなあさなきく）を、「鶯の鳴くなる声（朝な朝な聞く）」と「鶯の鳴く声（が聞けない）」との対比として捉え、「毎朝、それらしき声を遠くには聞くものの、その鳴き声を近くで聞いて、春の喜びを満喫できないもどかしさを詠んだのがこの和歌である」（小松［文献62：115］）としている。

しかし、一六番歌の表現を『古今和歌集』のコンテクスト（一六番歌まで、如何なる内容が如何なる流れでどのように表現されてきたのかということ）の中で捉えると、小松説とは違う解釈のし方が見えてくる。このような、コンテクストとの関連づけにより、一六番歌の助詞「は」による対比表現の内実が的確に把握できる（次章で詳述する）。

小松（文献59：103-104）は、『古今和歌集』一一三番歌（花の色は　うつりにけりな　いたづらに　我が身世にふる　ながめせしまに［春歌下、題知らず、小野小町］）に関して、次のように言う。

歌集では、この直前につぎの和歌がある。

散る花を　なにか恨みむ　世の中に　我が身もともに　あらむものかは［春下・一一二・題知らず／詠み人知らず］

生き甲斐を失うような経験が作者の背後にあることを思わせる。そういう雰囲気づくりのあとに「花の色は」の和歌がある。それが、この和歌についてのもっとも微小なテクスト解析である。その観点を広げれば、歌集の構成全体に及ぶ。

また、小松（文献62）には次のように述べられている。

『古今和歌集』は編纂されたテクストであるからテクスチュア（texture）を重視すべきである。歌集は全体がひとつのテクスト（生物体）であるが、その下位のテクスト（組織）として巻があり、詞書を含めた個々の和歌は、最下位の、分割不可能なテクスト（細胞）である。（p・199）

『古今和歌集』は、全体がひとつの流れをなすように構成された歌集であるから、まず仮名序をよく読んだうえで、冒頭の「としのうちに」の和歌から末尾の「冬の賀茂祭の歌」まで、順序を追って読みあじわうべきである。どれか一首を取り出す場合には、その和歌が、歌集の流れのなかにどのように位置づけられているかを見極めなければならない。直前および直後の和歌には特に慎重な目配りが必要である。（p・357）

本書第1章では、『古今和歌集』一六番歌について、上のような「テクスト解析」・読み方を実践してみたい。

なお、小松（文献62：116）にも次のような記述があり、一六番歌の表現解析においてコンテクストへの配慮がなされていることが分かる。

人々が心を躍らせるのは、咲きはじめた庭の梅であり、梅が枝に鳴くウグイスの声である。清少納言は、春の末、夏の末まで「老い声」に鳴くウグイスに対して、

「いとくちをしく、すごき心地ぞする」［枕草子・鳥は］と露骨な嫌悪感を表明している。このような事実を勘案すると、「朝な朝な」聞こえてくる「うぐひすの鳴くなる声」とは、季節はずれの「老い声」のことではないかという可能性も浮上してくる。その時期には、あの特有の鳴き声ではなく、けたたましい地鳴きが盛んになる。その鳴き声を聞いて、どうやらウグイスらしいと推定しているとみなせば理屈が立たないことはない。しかし、「春上」の一六番という位置づけが、その可能性を否定する。（傍線、竹林）

ただし、一六番歌の表現を適切に捉えるためには、一番歌からの流れ（特に一〇番歌からの流れ）を見る必要がある（次章で詳述する）。

間宮（文献128）は、『万葉集』一三三番歌（笹の葉はみ山もさやに乱友我は妹思ふ別れ来ぬれば［柿本人麻呂］）について、「乱友」の訓読や同歌の表現を検討・分析した後、次のように述べている。

「笹の葉は……」の歌は、石見相聞歌の第一群（一三一・一三二・一三三）と、第二群（一三五・一三六・一三七）の結び目に位置するところから、これら一連の歌群の中に正しく位置づけた上で、さらに広い角度から検討して、解釈する必要があるという意見も当然出てくると思われるが、その点については今後の課題としたい。（p・

歌をコンテクストの流れの中で解釈する必要を認める間宮（文献128）の見方は至当なものであると言えよう。81）

表現解析においては、対象をコンテクストの中で巨視的に捉えることが重要である。このことは、日本古典文学の表現のみならず、言語表現一般に関して当てはまることである。例えば、よく知られている例であるが、「うちの娘は男の子です。」という語列は、コンテクストによって意味が確定する。「うちの娘」の性格について述べている状況であれば、《うちの娘は、まるで男の子のような性格です》という意味である。しかし、別のコンテクストでは、《うちの娘は、男の子を出産しました》という意を表す。また、名詞一語文の「水！」という発話も、帰宅したところ玄関が水浸しになっていたという状況であれば「感嘆」を表し、喉が渇いているという場面では《水が欲しい》という「希求」の意味となる。このように、言語表現の具体的意味は、コンテクストとの関連において決まる。

〈言語表現の具体的意味は、コンテクストとの関連において決まる〉ということは、勿論、日本語に限られない。例えば、シェイクスピアの作品『オセロー』の第三幕第四場に'The handkerchief!'という文が三度出てくる。この文が「希求」（「要求」）を表すものであることは、コンテクストによってはじめて分かる。

勿論、「巨視的に捉える」というのは、狭い意味での文脈・場面の中で対象を捉えることに限られない。例えば、貴族社会や宮廷のあり方についての理解も、（本書で詳しく触れることはないが）「巨視的観点」の一つとして重要である。

岩佐（文献24：1）は次のように述べている（中野［文献98］も参照されたい）。

中古中世、宮廷を中心に華やかに栄えた文壇の、重要な担い手としての「女房」の存在については、今更いうまでもございません。しかし、彼女らがどのような感情を抱きつつお宮仕えをしていたのか、女房に共通の気質――女房かたぎとはどのようなものであったのか。「お宮仕え」の実態がほとんど失われ、「御主人持ち」の感覚もなくなって久しい現在、男性研究者の方々、また男女を問わず戦後育ちで階級社会というものをご存じない世代の方々は、「女房かたぎ」というようなものをどのように考えていらっしゃるのでしょうか。私はたまたま女に生れ、また図らずも女房的なお宮仕えを幼時から体験してしまいました。その眼から見ますと、現在の中古中世女流文学研究上には、従来の理解だけでは不十分、不適切ではないかと思われる点が無いでもありません。

文献の読解にあたって、その背後にある社会や文化についての理解が必要であるということは、言うまでもなく日本古典文学に限っての話ではない。尾山（文献43：65-67、98-101）

には次のように述べられている。長い引用になるが、示唆に富む内容なので是非お読みいただきたい。

私たちが聖書を読んでもなかなか分らない原因の一つは、聖書が書かれた時代や風俗や習慣が、今日私たちの生きている日本のものとは全然違っているということでしょう。たとえば、「マタイによるイエス・キリストの福音」18章3節を新改訳聖書で引用しますと、次のように訳されています。

まことに、あなたがたに告げます。あなたがたも悔い改めて子どもたちのようにならない限り、決して天の御国には、はいれません。

ここで、「子どもたちのようにならない限り」と言われていますが、「子どもたちのようになる」とは、どのようになることなのでしょうか。ほとんどの人は、子どもたちのように純真になることだと考えるに相違ありません。そして、これに続く4節で、「だから、この子どものように自分を低くする者が、天の御国で一番偉い人です」と言われているところから、子どものように謙遜になることだと受け取るのではないかと思います。しかし、これは本文が意味しているところとは違います。というのは、子どもに対する見方が、ユダヤ人の場合と日本人の場合とは違うからです。日本人の場合は、子どもを純真な、かわいい天使のように考えます。しかし、ユダヤ人は子どもをそのように見るのではなく、大人の世界から見て、つまらぬ、無価値な存在と見ていました。ですから、ここで、「子どもたちのようになる」とは、純真になることではなく、自分を無価値な存在と見るということになります。「子どものように、自分を低くする」という言葉にしても、子どもが純真なのは謙遜ということなのでしょうか。そうではなく、子どものように自分を無価値なつまらぬ者と言われるほど、自分を低くせよということなのです。……聖書というものは、私たち人間がどのようにしたら救われるのかということについての神の御心の啓示なのですから、本来、その解説書などがなくても、それだけを読んで分かるものであるはずです。そして確かに、最初にそれが書かれた時、それを読んだ人々は分ったはずです。しかし、時代がたち、風俗も習慣も言い回しも違ってしまった今日の私たちにとっては、言葉を置き替えただけの訳では、何のことかさっぱり分らなくなってしまったわけです。……最後の晩餐と言いますと、すぐにレオナルド・ダ・ヴィンチの「最後の晩餐」の絵を思い出すほど、私たちにとってあの絵はよく知られています。それだけにまた困った問題が起ってくるわけです。というのは、あの絵は時代錯誤の絵だからです。食事をしている主イエスと12人の弟子たちが、テーブルを囲んで椅子に座っています。しかし、あのような格好で食事をすることは、ダ・ヴィンチの時代のヨーロッパの食事風景ではあっても、主イエスの時代のユダヤの食事風景ではありません。主イエスの時代の食事風景は、椅子に座ったり、テーブルを使って食事をしたのではありません。左ひじで上体を支え、体を横に寝かせて食事をしました。ですから、最後の晩餐の時も、そうであったはずです。13人が一緒に食事をするためには、真ん中に食事が置かれ、その食事を中心にして、13人はそれぞれ放射状に足を外側に向けて、横になったに違いありません。……食事をする時、体を横にするという当時の習慣が分らないと、招かれざる客としてパリサイ派の人シモンの家に入って来た婦人の流した涙が、主イエスの御足をぬらした出来事を理解することはできないでしょう。従来の訳では、その個所は、次のように訳されていました。

さて、あるパリサイ人が、いっしょに食事をしたい、とイエスを招いたので、そのパリサイ人の家にはいって食卓に着かれた。すると、その町にひとりの罪深い女がいて、イエスがパリサイ人の家で食卓に着いておられることを知り、香油のはいった石膏のつぼを持って来て、泣きながら、イエスのうしろで御足のそばに立ち、涙で御足をぬらし始め、髪の毛でぬぐい、御足に口づけして香油を塗った。（ルカ7・36-38　新改訳）

当時の状況を何も知らない今日の私たちがこれを読んだ時、その点で当然疑問が湧くだろうと思いますし、椅子に座って食事をしていたという先入観でも持っていれば、イエスの後ろで涙を流した時、どうして御足がぬれたのか理解できなくなってしまいます。

3・3　『枕草子』冒頭部に関する小松説

前節（3・2節）では、コンテクストの中で対象を捉える巨視的観点の重要性について述べた。[7]しかし、表現解析は巨視的観点によってのみ行われるものではない。助詞・助動詞（複語尾）の機能等、微視的観点を併用し、巨視的観点と微視的観点との調和の中で表現解析を進める必要がある。

本節では、『枕草子』冒頭部についての小松（文献61）の分析を見た後、表現解析において、巨視的観点と微視的観点とを併用し、調和させることの重要性について述べる。

『枕草子』冒頭部とは、次の箇所である（本文は松尾・永井［文献118］に拠る。ただし、句点は読点に改めた[8]）。

春はあけぼの、やうやうしろくなりゆく山ぎは、すこしあかりて、紫だちたる雲のほそくたなびきたる

夏は夜、月のころはさらなり、やみもなほ蛍飛びちがひたる、雨などの降るさへをかし

秋は夕暮、夕日花やかにさして山ぎはいと近くなりたるに、烏のねどころへ行くとて、三つ四つ二つなど、飛び行くさへあはれなり、まして雁などのつらねたるが、いと小さく見ゆる、いとをかし、日入り果てて、風の音、虫の音など

冬はつとめて、雪の降りたるは言ふべきにもあらず、霜などのいと白く、またさらでもいと寒きに、火などいそぎおこして、炭持てわたるも、いとつきづきし、昼になりて、ぬるくゆるびもて行けば、炭櫃、火桶の火も、白き灰がちになりぬるはわろし

小松（文献61：294）は、冒頭の「春はあけぼの」という表現について、次のように言う。

---

(7) 筆者は、古代語の「助動詞」の多くについて、「複語尾」と呼ぶのが妥当であると考えている（「複語尾」は山田［文献141、142］等の術語）。その理由については、本書第4章の注1を参照されたい。

(8) 仮名文学作品のテクストに句点や鉤括弧がふさわしくないことについては、小松（文献57：第6章、文献63：19-20）を参照されたい。本書では、仮名文学作品の本文を注釈書から引用する際、句点を読点に改め、鉤括弧を削除する。

「いとをかし」の省略とみなす説明も、それを認めない立場の説明も、説得力のある表現解析に成功していないのは、……「春はあけぼの」を、一つの文とみなしていることに最大の原因がある。

そして、下のように述べている。

「春は弥生、花も散り果てて、～」の「春は弥生」は、場面設定、ないし状況提示である。同様に、「山は白銀」(竹林注：「山は白銀、朝日を浴びて」という表現における「山は白銀」)も、場面設定、状況提示として説明が可能である。そういう観点からみれば、「春はあけぼの」も特定の季節における時間帯の特定であるから、状況提示の機能を果たしている。読者は、提示されたそれぞれの季節のそれぞれの時間帯について、みずからの記憶にある情景と重ね合わせながら、そのさきを読むことになる。「春はあけぼの」の場合、「春は」は大枠の提示であり、「あけぼの」は、最初の句節に提示された枠内での限定であるから、その限りにおいて、「江戸は神田の生まれ」、「山手線は神田の駅前に～」などと原理は同じである。

しかし、ここで考えるべきことが二点あるように思われる。

① 「春はあけぼの」という表現と、「江戸は神田の生まれ」「山手線は神田の駅前に～」のような「東京は神田の生まれだ」型表現との間には、表現の性質において大きな違

いがある。

②『枕草子』（また言語表現一般）には大きく二種類の叙述法――「説明的叙述法」と「メモ的叙述法」――がある。

助詞「は」の用法・「東京は神田の」型表現についての精確な理解（微視的観点）と、叙述法のタイプ（言語表現の類型）についての理解（巨視的観点）に立ち、それらを調和させることにより、小松（文献61）が説くのとは異なる、『枕草子』冒頭部の表現のあり方が見えてくる（第2章で詳述する）。

巨視的観点と微視的観点の併用の必要性は、服部（文献106～108）が、上代日本語の母音音素に関する研究で強調している。「考察は常に、巨視的であると同時に微視的でなければならないのである」（服部［文献108：70］）。

また、鈴木（文献79：910）には次のようにある。

大学院時代の指導教官であった秋山虔先生がしばしば、文学史の動態的な論理は、微視的な分析と巨視的な展望との相俟ったところに、はじめて導き出されるものと言われた、その趣意がいまさらながら反芻されるのである。私自身の方法としては、表現や言葉という地点に、その微視的と巨視的とをひきつける試みをしてきたつもりではある。

竹林（文献85）でも、現代日本語における「主部」（subject）のあり方を巨視的観点・微視的観点の両面から研究している。巨視的観点としては、現代語のみならず古代語をも考察対象にし、文（sentence）の機能や述部の機能・構造について分析した。また、微視的観点としては、諸々の助詞（「は」「も」「が」「こそ」「って」）や無助詞形式の機能について、一見特殊な用法まで含めて考察した。このような巨視的観点・微視的観点の併用により、「主部」の本質と諸相が明らかにされている。

4 おわりに

この「序論」では、小松英雄氏の所説を見ながら、日本古典文学の表現解析の方法について述べた。以上の要点は次の通りである。

表現解析においては、巨視的観点と微視的観点の両方が必要であり、これら二つの観点を調和させつつ対象にアプローチすべきである。

次章以降では、この「序論」の内容に基づき、『古今和歌集』一六番歌・『枕草子』冒頭部や『大鏡』・『平家物語』・『徒然草』・芭蕉の俳句を対象として表現解析を行う。

本書では表現解析の対象として日本の古典文学作品を取り上げるが、本書で提示する表現解析の方法は、日本古典文学のみならず、言語表現一般において、表現を的確に捉えるために必要不可欠なものであると考える。

第1章　『古今和歌集』一六番歌「野辺近く…」の表現解析

1　はじめに

本章では、『古今和歌集』の一六番歌について、おもに、助詞「は」の機能と、『古今和歌集』全体をコンテクストのある一つのテクストとして捉える「有脈テクスト論的観点」から表現解析を行う[1]。

一六番歌を考察対象とするのは、有脈テクスト論的観点の重要性を知るのに、この和歌が恰好の例だからである。

以下では、まず、一六番歌に関する先行研究を見、問題の所在を確認する（第2節）。次いで、助詞「は」の機能や有脈テクスト論的観点から一六番歌の表現を解析し、先行研究にかかわる筆者の代案を提出する（第3節、第4節）。

2　先行研究と、問題の所在

『古今和歌集』一六番歌とは、次の歌である[2]。

題しらず　　　　　　　　　　　　　　　　　　　　　　読人しらず

野辺ちかくいへゐしせれば　鶯のなくなるこゑはあさなあさなきく（春歌上）

この歌は、従来、多くの注釈書等で、野辺近くに住んでいるために鶯の鳴き声を朝ごとに聞ける、その素朴な喜びを表現したものと見られていた。(3) 例えば、小沢・松田（文献32・36）は、一六番歌を次のように現代語訳している。

私は人里を離れ、野辺の近くに住いを構えているお陰で、鶯の鳴く声だけは毎朝聞くことができるよ。

そして、次のような注をつけている。

（1）本章は、竹林（文献83）の内容を基に加筆したものである。
（2）本書において引用する『古今和歌集』の本文は、便宜上、佐伯（文献67）［日本古典文学大系］に拠る。小松（文献56、59、62）が論じているように、『古今和歌集』の和歌は、「みそひと文字」の仮名連鎖として表記・理解されるのが本来のあり方であり、濁点を付けたり、むやみに漢字に置き換えたりすべきではない。
（3）飛鳥井雅俊か（文献6）、松田（文献123）、小沢（文献31）、小町谷（文献54）、小沢・松田（文献32）、等々。

郊外に閑居する人の作らしいが、素朴ながら高い調べによって、春告鳥（はるつげどり）の鳴き声にじっと耳を傾ける作者の喜びを簡潔にうたいあげている。

こうした見方に対し、小松（文献56、62）は次のような疑問を提示した（引用は小松［文献62］から行う）。

> 詠み人知らずの和歌は、『古今和歌集』の古層をなしており、時期的には『万葉集』に近いというのが共通理解である。そういう理解に基づくなら、この和歌は素朴な情緒の端的な表明であるし、また、それ以上のものでもない。しかし、この歌集の和歌は、すべて、『古今和歌集』にふさわしい詠風の作品として撰録されているはずだという仮説のもとに考えるなら、素朴な情緒の端的な表明という理解には再考の余地がある。『古今和歌集』の物差しは『万葉集』の物差しと同じではない。その採録基準は、豊かな表現として解凍されるべき〈みそひと文字〉でなければならなかった。言い換えるなら、適切に解凍することによって、はじめて「ひとの心」が生き生きと浮かびあがってくる。それが『古今和歌集』の和歌である。
>
> （小松［文献62：110］）

阪口（文献70：433-434）も次のように述べている。

> 古今集時代は、読み人知らずの時代、六歌仙の時代、撰者の時代と三期に分けるの

が通説になっている。読み人知らず歌のほとんどは「題しらず」であるから、何時の時代の作という確証はないが、仮名序にいう「万葉集に入らぬ古き歌」、真名序の「古来旧家」が読み人知らずの歌に当たると考えられる。確かに読み人知らず歌には万葉集と重出する歌（古今一九二＝万葉一七〇一、他）や類歌関係にある歌（古今四八九＝万葉三六七〇、他）を指摘することが出来る。しかも万葉集と重なるといった年代徴証がない場合――それが大半であるが――でも、詠法や用語から同時代と認められる歌もかなり存在する。また、左註に衣通姫、柿本人麿あるいは平城帝の作と伝える歌は、その当否はともかく、古今集撰集時には、古い時代の歌であると信じられていたことを物語っている。一方、読み人知らずの時代は平安朝初期の六歌仙の時代に引きつがれてゆく。即ち、読み人知らずと記された人々の多くは、古今集歌人のうち最も古い時代に属する人々であって、九世紀前半、専ら漢詩文が晴れの文学であった時期に、「色好みの家に埋木の人知れぬこと」として和歌を詠み続けていた人々であるということになる。従って、この人々の詠作の場は当然のことながら、日常生活の中にあり、その歌は恋の手だてとして、あるいはむすぼほれた気分を晴らす具としての私的な褻の歌であった。しかし、古今集にこうした歌が汲み上げられるとき、その基準となったものはいうまでもなく「古今調」である。

読み人知らず歌が褻の歌であり、古い時代の歌であるといっても、古今集的なものを内包した歌でなければ撰歌の対象とはならなかったはずである。（傍線、竹林）

本書（竹林）も、一六番歌について、「この歌集の和歌は、すべて、『古今和歌集』にふさわしい詠風の作品として撰録されているはずだという仮説のもとに考えるなら、素朴な情緒の端的な表明という理解には再考の余地がある」とする小松（文献56、62）の見方を支持する。

そして、小松（文献56、62）は、『古今和歌集』成立当時における「うぐひす」の文化的生態（夜は野辺に宿り、朝になると里に咲く梅の花を求めて飛んで行き、そこで鳴くこと）(4)を踏まえつつ、いわゆる「伝聞・推定」を表す「なり」と助詞「は」に注目し、

〈野辺近くに家を構えているので鶯の鳴くような声は朝ごとに聞く（しかし、鶯の鳴く声が聞けない）〉

と解した。(5) 即ち、「鶯の鳴くなる声（朝な朝な聞く）」と「鶯の鳴く声（が聞けない）」との対比関係を読み、鶯の鳴き声を近くではっきりと聞いて春の喜びを満喫することのできないもどかしさを詠んだ歌であると見ている。

小松（文献56、62）では言及されていないが、既に、本位田（文献116）も、「鳴くなる声—鳴く声」という対比関係を考えている。

終止形に接続する「なり」が所謂感動をあらはすものでなく、実は推定、又は伝聞とも称すべきものであることは、可なり以前から唱へられて来たことであつたが、近頃になつて漸く一般に行はれるやうになつた模様である。併し、これを単に推定伝聞といつただけでは誤解される点が多いと思ふ。例へばわれわれは明瞭にわかつてゐる事象に対しても、それを眼で見、手にとつて確かめることが出来ないものとして観じた時には、「盛に犬の鳴声がするやうだが……」といふやうな云ひ方をする。「なり」といふ助動詞は、かういふ自分の手の及ばない世界に対するどこかおぼつかない感じを表現するものと見られるのである。「鳴くなる声」の「なる」もこれであつて、この鶯の声は決して作者の身近に鳴いてゐるのではない。遠い野の

(4)「文化的生態」とは、「現実の生態」にかかわらず、文化的に(即ち、或る集団の思考様式において)そういうものとして認識されている生態のことである。

(5)〈 〉内は直接の引用ではなく、小松(文献56、62)の所説を竹林がまとめたものである。なお、いわゆる「伝聞・推定」の「なり」の機能については諸説あるが、小松(文献56、62)では、単なる「聴覚推定」を表すのではなく、聴覚的情報に基づいて或る事柄を述べるにあたり「不確実な含み(竹林注:「このことは不確実だ、という含み」の意)をこめて表現する」(小松[文献62:254])ものであると考えられている。本書においても、「なり」についての理解は小松(文献56、62)に従う。

向ふで鳴いてゐる声である。昨年の古巣を出たばかりで、未だ里の方には来ない早春の鶯の声である。で初句の「野辺ちかく」の「ちかく」が決してなほざりでないことが理解される。作者の家居は「野辺ちかく」であつて、野ではない。だから、里にゐては聞くことの出来ない早春の鶯の声が、聞こえては来るけれども、それは極めて微かなのである。「なくなる声は」の「は」は、従つて、身近になく声は聞かないけれども、遠い野に鳴く稚い声は聞いてゐるといつた意味の「は」であると理解すべきである。（pp・60-61）

ただし、「鳴くなる声」の価値に関して、小松説と本位田説とは見方を異にしている。小松（文献62：117）は、

毎朝、「うぐひすの鳴くなる声は」聞こえてくる。しかし、梅が枝で「鳴く声」を聞けないのが残念だ、というのが「鶯の鳴くなる声ハ〜聞く」という表現である。

としているのに対して、本位田（文献116：59）の「通釈」には、

自分は野辺の近くに住居してゐるものだから、未だ早春で鶯が来て鳴くといふ訳ではないけれども、向ふの野で稚い鶯が古巣を出ようとしてゐるやうであるが、その微かな声はお蔭で朝朝きいてゐる。（傍線、竹林）

とある。

小松（文献62：117）は次のように言う。

「鳴く声は聞く」なら、声だけで姿が見えないという表現である。しかし、「鳴くなる声」と、ナルが添えられているから、欠如しているのは鳥の姿ではない。そもそも、ウグイスの姿は和歌の題材ではない。毎朝、「うぐひすの鳴くなる声は」聞こえてくる。しかし、梅が枝で「鳴く声」を聞けないのが残念だ、というのが「鶯の鳴くなる声ハ〜聞く」という表現である。家に梅の木があれば「鳴く声」が聞けるのに、ということでもよい。卑俗なたとえで詩的な香りはないが、高級レストランの近くに住んでいるので、焼きあがったパンらしいおいしそうなにおいは毎朝ただよってくる、というようなことである。……どの注釈書も、ウグイスの鳴き声が朝ごとに聞ける喜びを吐露したものとみなしているが、それは、ウグイスの文化的生態を踏まえて表現を解析しなかったためであり、また、この文脈における助動詞ナリの用法にも、助詞ハの用法にも敏感でなかったためである。

本居宣長（『古今集遠鏡』）による、古今集一六番歌の口語訳を見ても、宣長が複語尾「なり」や助詞「は」に目を留めていないことが分かる。

ワシハ野ヘンノ近イ所ニスマヒヲシテヰレバ　鶯ガヨウ鳴テ　毎日アサカラキヽマス（本文は大久保［文献26：36］に拠る。傍線は宣長による補足部であることを表す）

『古今集遠鏡』では、上と同様のことが一番歌に関しても見られる。小松（文献62：99）の、次の指摘を参照されたい。

年内ニ春ガ来タワイ　コレデハ　同シ一年ノ内ヲ　去年ト云ウタモノデアラウカ　ヤツハリ　コトシト云ウタモノデアラウカ

「春は来にけり」であるから、「春ハ」と訳すのが順当なのに、助詞ハがガに置き換えられている。助詞ハの意味や機能は文献時代をつうじて基本的には変化していないから、この不用意な置き換えは看過できない。訳文の「春ガ来タワイ」は、「春来にけり」に対応する。〈花が咲く〉に対応するのは「花咲く」であって、〈花が〉と、ガを添えるようになるのはずっと後になってからである。助詞の用法に敏感だったはずの本居宣長がこのように無造作な置き換えをしていることは不審であるが、類例はほかにいくつもある。

さて、〈野辺近くに家を構えているので鶯の鳴くような声は朝ごとに聞く（しかし、鶯の鳴く声が聞けない）〉とする小松説（小松［文献56］）に対して、保科（文献112）に反論がある。保科（文献112）は、まず、鶯の鳴き声がはっきりと聞けないことを残念に思う歌と見る小松説では、結局のところ一六番歌を自然謳歌の歌と解していることになるとする。

この理解（竹林注：小松説の理解）に従うとすれば、掲歌（竹林注：古今集一六番歌）は、鶯が近くまで来ないために、詠者の住居の周辺に梅の木のないことを残念に思っているというだけの和歌だということになるのであろうか。もしそのように解釈できるとするならば、野辺近くに居住していても、梅の木さえあれば鶯の声を聞くことができるからよいという理解も成り立たないことはないことになる。その意味からすれば、資料1に類想歌として前掲した万葉歌（竹林注：梅の花咲ける岡辺に家居ればともしくもあらず鶯のこゑ〔万葉集、巻第十、第一八二〇番歌。鳥を詠む〕）と掲歌との相違は、単に、詠者の住居の周辺に梅の木があるか否かにすぎないということになるであろう。周辺に梅の木のある万葉歌の詠者の住居には、鶯が来て、梅の木のない掲歌の詠者の住居には、来ることがない。いずれにしても、鶯の声を愛でる心情を表出しているという点では、両者に径庭がない。掲歌は、万葉歌のように単純に鶯の声を聞いて悦んでいるのではないけれども、鶯の声を聞けないことを残念がることによって、鶯の声を聞くことを悦びとする心情を、願望という形で表していると看做されるからである。表現技法は、万葉歌より複雑ではあるけれども、その根底にある思想は、共通である。いずれも、「調がおほらか」な自然詠としての和歌であるといえよう。だが、掲歌は、はたしてただそれだけの、自然愛好者の詠作と看てもよいものなのであろうか。私見では、掲歌は、そのような単純な自然愛好の心情を表した和歌と看るべきものではない。表面上は、そのようにも思われるけれども、表現の裏面には、それだけには止まらないものが内在するのである（pp・13−14）

また、保科（文献112）は、「鳴くなる声は」という表現から「鳴くなる声」と「鳴く声」との対比を読み取るのは困難ではないかと言う。

該説（竹林注：小松説）では、係助詞「は」によって区分されるものを、和歌本文によって表現される「鳴くこゑ」として理解する。だが、「鳴くなるこゑ」と、和歌本文によって表現されない「鳴くこゑ」と「鳴くこゑ」とを区別することは、困難なのではないか。（p・14）

そして、小松（文献56、62）と同様、助詞「は」の機能に注目し、

① 野辺近くに家を構えているために朝ごとに聞けないものは何か。

② 「鶯の鳴くなる声」が「は」によって特立されている以上、それに対比されるものも何かの「声」であるはずだ。

という二つの観点から、「鶯の鳴くなる声」に対比されるものとして「人の声」を考えている。

この表現（竹林注：「鶯の鳴くなるこゑは朝な朝な聞く」という表現）の意味するところ

は、「朝な朝な聞く」のは「鶯の鳴くなるこゑ」だけだということなのではなかろうか。換言すれば、「鶯の鳴くなるこゑ」以外の何物かは、「朝な朝な聞く」ことがないということである。そして、その何物かを「朝な朝な聞く」ことのできない原因が、「野辺近く家居しせれば」ということなのである。「野辺近く家居」したために、「朝な朝な聞く」ことのできないものとは、一体、何であろうか。それは、詠者が「野辺近く家居」していなければ、すなわち、京師域内に居住していれば、聞くことのできるはずのものである。「野辺近く家居」するということが、その何物かを聞くことのできない絶対的な条件として、提示されている。つまり、京師域内に居住するか、京師域外に居住するかということが、「鶯の鳴くなるこゑ」以外の何物かを聞くか否かを決定することになるのである。……京師域内では聞くことができるけれども、京師域外——「野辺近く」に居住していては聞くことのできない「こゑ」とは、人の声と理解すべきなのではないであろうか。京師に居住すれば、居宅を人が訪れるであろうけれども京師から遠く離れた「野辺近く」の住いには、人の訪なう声も、まったく聞えることがないということである。さらに、詠者が「朝な朝な聞く」ことのできないものが人の声であるとするならば、「鶯の鳴くなるこゑは朝な朝な聞く」という表現は、単に、人の声を聞くことができないという事実の指摘に止まるものではないであろう。京師に居住していた詠者が、何らかの事情によって、京師ではなく「野辺近く」に住いしなければならなくなった。そのために、人の訪れもまったくなくなってしまったことを悲しんでいると理解することができるのである。無論、掲歌に、詠者が京師域内から京師域外に転居したことを示す直接的な言辞はない。また、「詠み人知らず、題知らず」という詞書や詠者名からも、そのことの当否を判断することはできない。だが、「鳴くなるこゑは」の「は」という助詞からは、鶯の声を聞くことができるという事実よりも、鶯の声以外の何物かの欠如をこそ表現しているということを、推知しなければならないであろう。鶯の声以外の何物かが、前述したように人の声と考えるべきであるとするならば、そのことから、京師域外に常住する詠者の詠歌でないことを看取すべきなのではないか。……さらに、如上の理解からすれば、「朝な朝な聞く」という表現も鶯の声を毎朝毎朝聞くことを、悦びとして表現したものではありえないことになるであろう。「野辺近く」の住居では、鶯の声だけは、毎朝聞くことができるけれども、それも朝だけで、あとは、人は勿論のこと、その鶯でさえも訪れることがない、という含みを、看取すべきなのである。（pp・15-16）

この解釈は、次に引用する金子（文献46：19-20）の説と類似するものであり、保科（文献

112：12）も、金子（文献46）の「理解の方向を、その大筋において支持する」と述べている（なお、奥村［文献30］も、「野辺に侘び住いせねばならぬ不遇を悲しんでいる」という注を付けている）。

これは、都に住むべき人の、勢なくなりて、さる片田舎に住処を構へしものならむ。さて、皆人の聞きたくする鶯の声には、不自由せぬを自慢して、せめてもの心遣りとはしつるなり。其の底の意を推せば、鶯の声の外は、よろづ、心のまゝならぬ由なるべし。一語も寒酸を言ふことなくして、其の意隠然たるは、四句の鳴くなる声はのはの辞に、力あるに依りて、しか聞き做さるゝなり。

保科（文献112）は、金子（文献46）に「直観的かつ印象的な形で指摘されている係助詞「は」の果す機能を解明することが、掲歌の解釈の枢要である」（p・13）との見方に立つ。保科（文献112）の論は、一六番歌の表現における「は」の機能を考察することで同歌の解釈を試みることによって、「表現解析における助詞の機能の解明の重要性を考察する一端としようとする」（p・13）という狙いのもとに立てられた論である。

右のように、小松説と保科説とは、助詞「は」の機能に注目している点で共通しており、その「は」によって表現される対比関係を如何なるものと見るかという点に両者の相違がある。小松説では「鶯の鳴くなる声（朝な朝な聞く）」と「鶯の鳴く声（が聞けない）」との対比として捉えられ、保科説では「鶯の鳴くなる声」と「人の声」との対比であると考えられている。よって、問題は、「は」の示す対比関係の内実をどのようなものと考えたらよいかという点にある。そこで、以下では、この問題を「は」の機能と「有脈テクスト論的観点」から探ることにする。

3　助詞「は」の機能と有脈テクスト論的観点からの解析

本節では、まず、古代語における助詞「は」の機能を確認する（3・1節）。そして、「有脈テクスト論的観点」（『古今和歌集』を、コンテクストのある纏まったテクストとして捉える観点）から一六番歌の表現を解析する（3・2節）。

3・1　古代語における助詞「は」の機能

それでは、まず、古代語の助詞「は」の機能について見てみたい。

本章の問題との関連で重要なのは、少なくとも古代語の助詞「は」（の対比用法）は、その前項を特立して他の要素と区別・対比するという「前項―他の要素」間の対立よりも、文（sentence）単位あるいは節（clause）単位で他との区別を表すということである。(6)

次例を見られたい。

はるのはじめのうた　　　　　　　　　　　　　　　　　　　　　　みぶのたゞみね

はるきぬと人はいへども　鶯のなかぬかぎりはあらじとぞ思ふ

（『古今和歌集』春歌上、一一番）

この「はるきぬと人はいへども」の「は」は、前項「人」を他と対比して「（春が来たと）人は言うが○○は言わない」という内容を表しているのではない。上の和歌の「は」は、従属節に示されている「春来ぬと人言ふ」という事柄と主節の「鶯のなかぬかぎりはあらじとぞ思ふ」という事柄とを節単位で対比しているものである。

保科（文献112：13）は次のように言う。

係助詞「は」には、それが、ある事柄を特に指示するところから、その事柄を他と区別する機能がある。そこで、「甲は乙」というとき、甲という事柄が乙という状態にあることを示すと同時に、甲以外の事柄は乙という状態にはないことを示すことになる。したがって、掲歌の「鶯の鳴くなるこゑは朝な朝な聞く」という表現

（6）　青木（文献1）・尾上（文献33）を参照。文あるいは節単位で他との区別を表すという機能は、現代語「は」の対比用法においても認められる。例えば、「雨は降っていないけど、空には黒い雲が広がっているよ。」という文では、「雨が降っていない」という従属節の事柄と、「空に黒い雲が広がっている」という主節の事柄とが対比されている。ただし、現代語「は」の対比用法では、「は」の前項と他の要素との対比という色が濃くなっている（尾上［文献35：17-19］を参照）。

は、「鶯の鳴くなるこゑ」は「朝な朝な聞く」けれども、それ以外の何物かは「朝な朝な聞く」ことがないということを意味することになるのである。「係助詞「は」には、それが、ある事柄を特に指示するところから、その事柄を他と区別する機能がある」という点はよいとしても、

そこで、「甲は乙」というとき、甲という事柄が乙という状態にあることを示すと同時に、甲以外の事柄は乙という状態にはないことを示すことになる。

という見方は、古代語「は」についての理解として正鵠を射ていない。よって、掲歌の「鶯の鳴くなるこゑは朝な朝な聞く」という表現は、「鶯の鳴くなるこゑ」は「朝な朝な聞く」けれども、それ以外の何物かは「朝な朝な聞く」ことがないということを意味することになるのである。

ということには必ずしもならない。

保科（文献112）は、別の箇所でも、

係助詞「は」によって特立されているものが「鶯の鳴くなるこゑ」である以上、それに対置されるものも、やはり「こゑ」と看做すのが、自然な理解であろう。

（p・15）

と述べているが、古代語でも現代語でも助詞「は」の特立対象は「は」の前項に限られない

（現代語における「は」の機能については、尾上［文献37、42］・竹林［文献85］を参照されたい）。

確かに、文・節単位での他との区別・対比が、「は」の前項と他の要素との間の区別・対比であるかのように見える場合がある。しかし、そのように見えるのは、対比される複数の文・節における各々の「は」の後続部分間の共通性に起因する副次的効果である（尾上［文献33：369］）。[7] 例えば、次例を参照されたい。

題しらず　　読人しらず

するがなるたごのうら浪たゝぬ日はあれども　君をこひぬ日はなし

（『古今和歌集』恋歌一、四八九番）

この歌では、従属節の示す「駿河なる田子の浦浪たたぬ日あり」という事柄と主節の示す「君を恋ひぬ日なし」という事柄との間の節単位での対比が、「は」の後続部分間の共通性、即ち「あり―なし」という存在の有無に関する叙述であるということにより、「駿河なる田子の浦浪たたぬ日―君を恋ひぬ日」という「は」の前項間の対比に見える。

（7）「対比される複数の文・節における各々の「は」の後続部分間の共通性」と言っても、「は」による「対比」である以上、それら「は」の後続部分が同一の言語形式をとることはあり得ない。そうした場合（即ち、後続部分が同一の言語形式をとる場合）は助詞「も」によって合説的に表現されることになる。よって、ここで「共通性」というのは、（すぐ後に具体例で見るように）「は」の後続部分が何をめぐっての叙述であるかという点における共通性のことである。

既述のように（第2節）、保科（文献112）は、小松説について、「鳴くなる声は」という表現から「鳴くなる声―鳴く声」という対比を読み取るのは困難ではないかという疑問を提示している。しかし、古代語「は」（の対比用法）が上のように文・節の単位で他との区別・対比を表す以上、一六番歌の「うくひすの　なくなるこゑは　あさなあさなきく」という表現そのものから、保科説のように「鶯の鳴くなる声」と対比される要素として「人の声」を直ちに導き出すことも困難である。また、「鶯の鳴くなる声―人の声」という「は」の前項に関する対比として厳密に見るならば、〈鶯の鳴くなる声は朝な朝な聞く（しかし、人の声は朝な朝な聞かない）〉という不自然な読みを生むことにもなってしまう。

片桐（文献45）は、一六番歌の「要旨」を

　野に近い所に住んでいるという立場から、都の文化から離れての生活は苦しくもあり不便でもあるが、鶯の声を毎朝聞く贅沢はしていると言っているのである。
　（p・379）

とし、次のように述べている。

『万葉集』巻十・一八二〇・春雑歌に、

　梅花《ウメノハナ》　開有岳辺尓《サケルオカヘニ》　家居者《イエヰセバ》　乏毛不有《トモシクモアラジ》　鶯之音《ウグヒスノコヱ》

同じく一八二九に、

梓弓《アヅサユミ》　春山近《ハルヤマチカク》　家居之《イヘヰシテ》　続而聞良牟《ツギテキクラム》　鶯之音《ウグヒスノコヱ》

とある。以前は「家居者」「家居之」を「いへをらば」と訓む本が多かったが、『新編国歌大観』など最近の研究では「イヘヰセバ」「イヘヰシテ」と訓むようになり、『古今集』の歌といっそう近似していることになった。特に後者と『古今集』の当該歌の関係は否定できぬものがある。『古今集』の側から言えば、「よみ人知らず」の歌にふさわしく、『万葉集』の側から言えば、集中もっとも平安朝的であること疑いない巻十の歌にふさわしい近似なのである。しかし、なお微細に見ると、両者の相違も実は無視できない。この『万葉集』巻十の両歌も、鶯の声を楽しむ風流の心が表現の基盤になっていて、単なる民謡的発想ではなく、その背景にみやびの世界があることは否定できないが、『古今集』の歌の場合は、「鶯の鳴くなる声は」と特に「は」を用いているのが注意される。つまり鶯の声は毎朝聞けるという風流ぶりだが、しかし春の喜びは実感できないという気持を裏にひそめているのである。また『万葉集』が「続而聞良牟《ツギテキクラム》」とするのに対して、「あさなあさな聞く」は、「ああ……、また今日も聞くのだなあ……」という閑居の徒然の雰囲気がよく表現されている感じである。「よみ人知らず」の歌であるが、既に平安時代人らしい「雅」と「俗」の葛藤がおのずからに示されていると言ってよかろう。（ｐｐ・３８０-３８１）

片桐氏が助詞「は」に注目している点は評価できるが、「春の喜びは実感できないという気持」と、上の「要旨」にある「都の文化から離れての生活は苦しくもあり不便でもある」ということがどのように繋がっているのか、明確でない。

3・2　有脈テクスト論的観点による表現解析

それでは、一六番歌の「うくひすの　なくなるこゑは　あさなあさなきく」の「は」によって表される対比関係の内実をどのようなものと考えたらよいであろうか。その解明のために、本章では「有脈テクスト論的観点」を導入したい。ここで「有脈テクスト論的観点」というのは、『古今和歌集』を、和歌一首一首の単なる寄せ集めとしてではなく、コンテクストを有する（或いは、そういうものとして一首一首が配列されている）一つの纏まったテクストとして捉える見方である。[8]この観点からは、和歌の表現解析に際して、個々の歌を他の歌と切り離して個別的に解釈するのではなく、他の歌との関連を見つつ、また、部立など『古今和歌集』全体の中での位置づけを押さえつつ、一首一首の表現解析がなされることになる。

では、この有脈テクスト論的観点から、問題の一六番歌は如何なるコンテクストに位置づけられるであろうか。

『古今和歌集』は仮名序を冒頭に置き、続く巻第一「春歌上」は所謂「年内立春」の歌から始まる。ここで予め述べておくと、以下の歌は全て、それらが「春歌上」の部に位置づけられていることからも分かるように、様々な形で（即ち、種々の題材・観点・方法で）ほかならぬ「春」の問題（即ち、「春」が如何なるあり方で在るかということ）を詠んでいるのであり、このことの了解は以下の論にとって重要である。この意味において、『古今和歌集』のテクストが、仮名序の後、一番歌の掲出に先立って「春歌上」と部立を示して、和歌解釈の枠組みを提示していることは軽視できない事柄である。以下、「年内立春」の一番歌から順に見ていく（和歌に付した数字で歌番号を示す）。

1　ふるとしに春たちける日よめる　　在原元方
年の内に春はきにけり　ひととせをこぞとやいはん　ことしとやいはん

（8）　このような見方は、様々なあり方においてではあるが、松田（文献122）、新井（文献10）、菊地（文献50：第2篇2章）、小松（文献56、59、62）等々で説かれており、少なくとも『古今和歌集』の和歌の解釈にあっては、現在、広く一般的に認められている見方であると言える。ただし、そうした見方・方法が個々の和歌の表現解析においてどの程度実践されているのかということとは別問題である。

これに次ぐ二番歌も「立春」に関する歌である。(9)

2　春たちける日よめる　　紀貫之

袖ひちてむすびし水のこほれるを　春立つけふの風やとくらん

三番歌から九番歌までは、「春の雪」をめぐって詠まれている。

3　題しらず　　よみ人しらず

春霞たてるやいづこ　み吉野の吉野の山に雪はふりつゝ

4　二条のきさきの春のはじめの御うた

雪のうちに春はきにけり　鶯のこほれる涙いまやとくらん

5　題しらず　　読人しらず

梅がえにきゐる鶯　春かけて鳴けども　いまだ雪はふりつゝ

6　雪の木にふりかゝれるをよめる　素性法師
春たてば花とや見らむ　白雪のかゝれる枝にうぐひすの鳴く

7　題しらず　よみ人しらず
心ざし深くそめてしをりければ　消えあへぬ雪の花と見ゆらん

8　二条のきさきの東宮の御息所ときこえける時、正月三日おまへにめして、仰せ言あるあひだに、日はてりながら雪の頭にふりかゝりけるをよませ給ひける　文屋やすひで
春の日の光にあたる我なれど　かしらの雪となるぞわびしき

9　雪のふりけるをよめる　きのつらゆき
霞たちこのめも春の雪ふれば　花なきさとも花ぞちりける

(9)「立春」「春の雪」といった同一テーマの内部における歌の展開や他のテーマへの移行のし方に関しては、一六番歌の表現解析にかかわるものでなければ触れないことにする。

続く一〇番歌・一一番歌は、詞書に示されているように「春の初め」の歌である。

10　春のはじめに詠める　　　　　　　　　　　　　　　　ふぢはらのことなお
春やとき花やをそきと　きゝわかん鶯だにも　なかずもあるかな

11　はるのはじめのうた　　　　　　　　　　　　　　　　みぶのたゞみね
はるきぬと人はいへども　鶯のなかぬかぎりはあらじとぞ思ふ

一二番歌も「春の初め」の歌に入れられる。

12　寛平の御時きさいの宮の哥合のうた　　　　　　　　　　源まさずみ
谷風にとくる氷のひまごとに打ち出づるなみや　はるのはつ花

ここで注目されるのは、一〇番歌・一一番歌が鶯の鳴かないことを詠んで、「春の初め」でありながら未だその「春」が訪れていないことを表現しているということである。そうした未だ訪れていない「春」は、一番歌で実現している、立春による「暦の上での春」ではなく、鶯の到来によってもたらされる、体感的な、いわば「現実の（或いは、本物の）春」である。一二番歌を介して一三番歌から一六番歌まで「鶯」が詠まれるが、ここにもそうした「春」の問題との関連が見て取れる。(10)

(10)「鶯」それ自体は四〜六番歌においても見られるが、それらについては、「一つの点景的な要素」（p・167）とする松田（文献122）の見方に従う。
一二番歌について片桐（文献45：365）が次のように述べていることを参照されたい。

一〇番・一一番歌と鶯の歌が続き、一三番歌から一六番歌まで鶯の歌が並ぶ。その間に位置するこの歌に「鶯」という語はない。しかし、歌の背景に「鶯」を考えなければ、この歌をここに配した理由がわからない。五番歌や六番歌で「梅が枝」や「花（おそらくは梅）」と共に鶯が詠まれたが、実際には梅の花は咲いていなかった。鶯をさそう初花はまだ咲いていないのだ。ここに谷風によって解かされてあふれ出る白浪、これこそ春を感じての「初花」であり、「鶯さそふしるべ」（一三）であると言っているのである。

なお、片桐（文献45：366）は、
一四番歌に「鶯の谷より出づる声なくは〜」とあるのを引くまでもなく、鶯が谷にいるというのは一般的把握であった。また「解くる氷の隙ごとに」白浪が「打ち出づる」というのも谷川の描写と見るのが自然であろう。

と言うが、「谷川の描写と見るのが自然であろう」という見方は、一三番歌との繋がりの点から疑問である（cf.本章の注11）。

13　花のかを風のたよりにたぐへてぞ　鶯さそふしるべにはやる(11)　紀とものり

14　鶯のたにょりいづるこゑなくは　春くることをたれかしらまし　大江千里

15　春たてど花もにほはぬ山ざとは　物うかるねにうぐひすぞなく　在原棟梁

16　題しらず

野辺ちかくいへゐしせれば　鶯のなくなるこゑはあさなあさなきく　読人しらず

一三番歌・一四番歌では鶯はやはり鳴いておらず、現実の（或いは、本物の）春がまだ来ていないことを示している。そして、一五番歌になって漸く鶯が登場する。しかし、その待ちに待っていた鶯は「もの憂がる音（もの憂かる音）に憂く干ず」鳴く鶯である（「干ず」は《涙が乾かない》の意）(12)。なぜ、「もの憂がる音（もの憂かる音）に憂く干ず」鳴くのか。それは、

（11）一三番歌の「花の香」は、一二番歌との繋がりで、見立てられたものとしての「春の初花」の香である蓋然性が高いと考える。勿論、現実には、この見立てられた「春の初花」に香りはない。しかし、一二番歌に「春の初花」とあるのを承けて、〈それが咲いたのだったら、その香を「風のたよりにたぐへて鶯さそふしるべに」送る〉としている点に、一三番歌の面白味があり、春告鳥を待ち望む心が見てとれると言えよう。片桐（文献45：368-369）は一三番歌の「花の香」を「梅が香」「どこからか匂って来る花の香」であるとしているが、『古今和歌集』においで梅の花が咲くのは、ずっと後になってのことである。

（12）小松（文献59：49-50）は、一五番歌の「ものうかる」という仮名連鎖を「もの憂がる」と「もの憂かる」の重ね合わせとして捉え、次のように言う（同様の指摘は、小松［文献62：26-28］にもある）。

ウグイスは、億劫がった（もの憂がる）声で鳴いている。その鳴き声を聞いて作者は気が滅入る（もの憂かる）、ということで、春らしい春の到来を待ちわびるウグイスと人間との心情が複線構造で並行的に表現されている。もとより、因果関係はその逆であって、鳴き声が「もの憂がる音」に聞こえるのは作者の感情移入である。（傍線は原文のもの）

また、小松（文献59：50）には次のようにある。

「ものうかる音に」の複線は第五句の「うく」で合流して足踏みし、「憂く、うぐひすぞなく」、すなわち、憂鬱な感じでウグイスがナイテいる、という表現になっている。この文脈で、「なく」は「鳴く」でもあり「泣く」でもある。すなわち、とても悲しそうに鳴いているという表現で、これもまた、作者の感情移入である。（傍線は原文のもの）

「うくひす」という仮名連鎖における「鶯」と「憂く干ず」の重ね合わせについては、次に挙げる『古今和歌集』四二二番歌・七九八番歌を参照されたい。

うくひす　藤原としゆきの朝臣

心から花のしつくにそほちつゝ　うくひすとのみ鳥のなく覧（らん）［物名、四二二番］

題しらず　よみ人しらず

我のみやよをうくひすとなきわひん　人の心の花とちりなは（恋歌五、七九八番）

「花」が不在だからである。[13] 鶯の声が聞こえるようになっても、換言すれば現実の（或いは、本物の）春になっても、「花」がなければそれは「春らしい春」ではないという捉え方がここに読み取れる。だからこそ「もの憂がる音（もの憂かる音）に憂く干ず鶯ぞ鳴く」なのである。このように見てくると、問題の一六番歌の表現内容が明らかになってくる。即ち、一六番歌は、

〈野辺近くに家を構えているので鶯の鳴くような声は毎朝毎朝聞く（しかし［「花」のある］春らしい春はまだ来ない）〉

という歌である。[14] これを助詞「は」の機能の側から言い換えれば、一六番歌の「は」は、第三句以下の主節で表されている「鶯の鳴くなる声朝な朝な聞く」という事柄と「（「花」のある）春らしい春がまだ来ない」という事柄とを節単位で対比させているということになる。この対比関係は、上のように一六番歌の置かれているコンテクストから自然に読み取れるものである。

鶯は既に一五番歌で鳴いている（或いは、鳴かせられている）ことや、「花」がなければ鶯の鳴き声も「もの憂がる音（もの憂かる音）に憂く干ず」鳴くものであるとされていることなどを考えると、一六番歌について小松（文献56、62）が〈野辺近くに家を構えているので鶯の鳴くような声は朝ごとに聞く（しかし、鶯の鳴く声が聞けない）〉と解し、鶯の鳴き声を近くではっきりと聞いて春の喜びを満喫することのできないもどかしさを詠んだ歌であると見る（本章第2節）のは、一六番歌が置かれている上のようなコンテクストとうまく整合しないよう

---

(13) 「花」とは、この場合、第一義的には梅の花であるが、『古今和歌集』において梅の花から桜の花への移行（四八番歌から四九番歌への移行）が連続的であることから、桜の花をも含めた、「春」の象徴としての「花」と見てよいであろう。

(14) 一五番歌における「鶯」が「花」の不在のゆえに「もの憂がる音（もの憂かる音）に憂く干ず」鳴く鶯である以上、一六番歌の「鶯」も「もの憂がる音（もの憂かる音）に憂く干ず」鳴く鶯としてのイメージを背負っていると見られる。また、一六番歌の「うくひす」には、「野辺近く家居しせれば（私は）憂く、鶯の鳴くなるこゑはあさなあさなきく」という作者の心情も表現されていると見られる。小松（文献62：47-48）は、『古今和歌集』一一三番歌（はなのいろはうつりにけりな　いたつらに　わかみよにふる　なかめせしまに［春下、題知らず、小野小町］）を例として、「複線構造による多重表現にとって、〈みそひと文字〉の第三句は表現のカナメに当たり、それをどのように生かすかは作者の手腕にかかっている」（p・48）と述べている。一六番歌も、第三句（うくひすの）に表現上の工夫がなされている一例と言える。野辺近くに住んでいることによって「憂し」と感じる理由については、4・3節で述べる。

に思われる。コンテクストと整合しないという点では、小松説以外の先行諸説に関しても同様である。

一六番歌以下、「(「花」のある)春らしい春」を求めながら、歌の流れは一七番歌(かすが野はけふはなやきそ　わか草のつまもこもれり　我もこもれり〔題しらず、読人しらず〕)を介して「野の若菜摘み」(一八番歌〜二二番歌)へと展開していく。

松田(文献122：168-169、文献123：166-175)は、一〇番歌から一六番歌までを「鳴く前の鶯」(二〇・二一・二三・二四番)と「鳴く鶯」(二五・二六番)とに分けている。しかし、本章で強調したいのは——それらの歌が「春歌上」の部に位置づけられているということを含めた、歌の置かれているコンテクストや歌自体の内容から明らかなように——「鳴く前の鶯」「鳴く鶯」が「春」との関連で詠まれているということである。「春告鳥」として喜びの対象であるはずの、しかるがゆえに、待ちに待っていたはずの「鶯」について、それが鳴いた(或いは、それを鳴かせた)途端に、素直に喜ぶのではなく、「花」の不在のゆえに「憂く干ず」鳴くと捉え、「(「花」のある)春らしい春」を指向しているところに、『古今和歌集』の面白さがあり、また「(「花」のある)春らしい春」を待ち望む「ひとのこころ」(仮名序)が表現されていると言える。(15)

一番歌から(特に一〇番歌から)の流れの中で一六番歌を的確に解釈していないということ

が、従来の諸説の最大の問題点である。

4 「伝聞・推定」の複語尾「なり」・字余り・助詞「し」の表現効果

さて、一六番歌を上のように理解することによって、「うくひすのなくなるこゑはあさなあさなきく」という表現の更に細かな把握が可能になる。その一つは、「うくひすのなくなるこゑ」と、いわゆる「伝聞・推定」の複語尾「なり」が用いられていることの意味である。また、もう一つは、「あさなあさなきく」と字余りになっていることの意味である。[16] 本節では、これらの問題について順に見ていきたい。

4・1 「伝聞・推定」の複語尾「なり」の表現効果

まず、「なくなるこゑ」の「なる」についてであるが、鶯の鳴く声は朝ごとに聞こえながら、しかし（「花」のある）春らしい春がなかなか来ないという事態は、朝ごとに鳴く、本来喜びの対象であるはずの鶯の声をかえって突き放させ、「鶯の鳴く声」としてではなく「鶯

(15) 「ひとのこころ」の意味内容――「人の心」であるとともに「一（ひと）の心」でもあること――については、本書第3章2節を参照されたい。
(16) この字余りに関する言及は、諸注釈書などには見当たらなかった。

の鳴くなる声（鶯の鳴くような声）」と表現させることになる。

聴覚的情報に基づいて或る事柄を述べるにあたり不確実性を表す複語尾「なり」（注5参照）が時に「突き放し」の表現効果を持ち得ることは、小松英雄氏が『土左日記』（青谿書屋本）の冒頭の一文に関して指摘している（学習院大学大学院における1997年度の講義。ただし、『土左日記』冒頭部についての小松氏の最新の見解は、小松［文献63］を参照されたい）。

をとこもすなる日記といふものを、をむなもしてみむとてするなり

小松氏によれば、この『土左日記』冒頭の一文は、「をとこもする日記といふものを」と言ってもよさそうなところに敢えて「なり」を用いることによって、「男もするっていう日記というものを」と突き放し、男性への対抗意識を表現したものと見られる。

伝聞した事柄の表現であることによって必然的に「なり」が用いられたという理解が不適切であることについては、小松（文献58：65）の、次の論述を参照されたい。

終止形に後接するナリは伝聞／推定の助動詞と命名され、人づてに聞いたとか聴覚でそのように判断したことを表わすと説明されているが、仮名文テクストでは、伝聞した情報ならば、あるいは、音源を確認していなければ、必ずナリが添えられているわけではない。多くの助動詞と同様、仮名文テクストで、この助動詞を添えるか添えないかは義務的（compulsory）ではなく選択的（optional）だったからである。

この助動詞の機能は、直接に見届けていないので確言できないという含みを込めて表現することにある。もとより、直接に見届けた、疑いのない事実について、そのように表現することも自由である。

なお、次の『古今和歌集』四二三番歌にも、一六番歌と同様に、「鳴くなる声」という表現が見られる（小松［文献62：118-120］）。

ほととぎす　　　　　　　　　　　　　　　　　　　藤原敏行朝臣

くへきほと　ときすぎぬれや　まちわひて　なくなるこゑの　ひとをとよむる（物名）

この四二三番歌について、小松（文献62：118-119）は次のように言う。

五月になると人々はホトトギスの鳴き声を心待ちにして耳をすませているが、なかなかそれが聞こえてこない。しびれを切らしかけた時分、ホトトギスらしい声が遠くから聞こえてきた。気のせいかと疑われるほどの頼りない鳴き声なのに、そのあやふやな一声が人々を大騒ぎさせる、ということである。……「物名」の和歌は仮名文字の遊びである。この和歌は、題詞を巧みに隠しているだけでなく、やっと聞き取れるほどのかすかな鳴き声と、その鳴き声に対する人びとの過剰なまでの反応とを対比しているところにおもしろさがある。「鳴くなる声」のナルがなかったら、そのおもしろさはない。

右の小松（文献62）の見方は妥当であると考えられる。ただし、四二三番歌の「鳴くなる声」が上のようにストレートな不確実性表現であることは、一六番歌の「鳴くなる声」が「突き放し」の表現であるという本章の見方の妨げとなるものではない。同じ言語形式が用いられていても、その形式によって表現される内容は、個々の和歌によって異なり得る。

4・2　字余りの表現効果

次に、「あさなあさなきく」の字余りについてであるが、これも、（「花」のある）春らしい春が来ないのに鶯の鳴き声は毎朝毎朝聞く、その繰り返される事態の生む〈もどかしさ〉の表現であると考えられる[17]。

もどかしさが字余りによって表される場合があることは次例からも分かる。

春のはじめに詠める　　ふぢはらのことなお

春やとき花やをそきと　きゝわかん鶯だにも　なかずもあるかな

（『古今和歌集』春歌上、一〇番）

題しらず　　読人しらず

春日野のとぶひののもりいでてみよ　今いくかありてわかなつみてん

（『古今和歌集』春歌上、一九番）

上の一〇番歌では、「春やとき花やをそきと　きゝわかん鶯」が鳴くことさえもない現実へのもどかしさが第五句の字余りで表されている。また、一九番歌では、「あと何日経ったら若菜が摘めるのか、あと何日か」というもどかしさが「今いくかありて」という字余りで表現されている。

もどかしさを字余りによって表すことは、『古今和歌集』の和歌に限られない。次例を見られたい。

むかし、男、ねむごろにいかでと思ふ女ありけり、されど、この男をあだなりと聞

---

(17)「あさなあさなきく」は「あさなさなきく」と読まれ得るのではないかという指摘を小林國雄氏よりいただいた。「あさなさなきく」であれば字余りではなくなるが、『古今和歌集』の和歌が、『万葉集』など上代の韻文とは異なり、仮名の連鎖として、「音声のレヴェル、ないし、聴覚のレヴェルでなく、一次的には視覚のレヴェルで理解が成立するように作られている」（小松［文献56：24］）ということを考えると、この「あさなあさな」を敢えて音声レヴェルに引き込んで「あさなさな」と理解しないほうがよいと見られる（このような『古今和歌集』の和歌の特性については小松［文献56：序論、文献62：序論］を参照）。ただし、視覚レヴェルで読まれた場合においても、「あさなあさな」におけるア音の連続（この現象は小林氏の指摘による）に、繰り返される事態の単調さ（そして、そのもどかしさ）を見て取ることは十分可能であろう。なお、金子（文献47）も、一六番歌の「あさなあさな」に注を付けて、「この読癖、あさなさなと聞えるやうに読めと中古の歌書にあるが、無用の論である」（p・103。傍点は原文のもの）としているが、なぜ「無用の論」なのかについては述べていない。

きて、つれなさのみまさりつつ、言へる、

大幣の引く手あまたになりぬれば思へどえこそ頼まざりけれ

返し、男、

大幣と名にこそ立てれ流れてもつひに寄る瀬はありといふものを

（『伊勢物語』第四七段。本文は石田［文献15］に拠る）

この「ありといふものを」という字余りによって、自分の思いを相手の女性に理解してもらえない、「男」のもどかしさが表現されている。

なお、字余りによって表現される内容は、「もどかしさ」のみではない。例えば、次の『古今和歌集』二〇四番歌を見られたい。

題しらず　よみ人しらず

ひぐらしの鳴きつるなへに日はくれぬと思ふは山のかげにぞありける（秋歌上）

この二〇四番歌の字余りについて、小松（文献62：３０８）は次のように言う（小松［文献57：１４７］も参照されたい）。

第四句、第五句は切れ目のない《八》、《八》の連続でリズムが著しく乱れている。それは、疑問を抱き、考える間のモタモタと、そうだ、これでわかったという思考からの解放を反映している。

また、次例も参照されたい。

ふるとしに春たちける日よめる　　在原元方

年の内に春はきにけり　ひとゝせをこぞとやいはん　ことしとやいはん

（『古今和歌集』春歌上、一番）

はるのはじめのうた　　みぶのたゞみね

はるきぬと人はいへども　鶯のなかぬかぎりはあらじとぞおもふ

（『古今和歌集』春歌上、一一番）

天暦の御時の歌合　　平兼盛

忍ぶれどいろにいでにけり我が恋は物や思ふと人の問ふまで

（『拾遺和歌集』恋歌一、六二二番歌）

『古今和歌集』一番歌の字余りは、年内立春によって引き起こされた戸惑いを表現している。また、『古今和歌集』一一番歌では、字余りによって、〈鶯の鳴かない限りは「春」ではないと思う〉という強い確信が表されている。『拾遺和歌集』六二二番歌は、外面に表れてしまうほどの思いの強さ（溢れるばかりの思い）を字余りに反映させている。

字余りの現象は、結局のところ、“iconicity”（類像性）の問題として捉えられる。“iconicity”（類像性）とは、「もともと記号論の術語で、記号表現と記号内容との間に類似性の関係のあることを言う」（池上［文献12：71］）概念である（より詳しくは、池上［文献12：71］、Taylor［文献148：46-48］を参照されたい）。

4・3　助詞「し」の表現効果

上のように、一六番歌に「鶯の鳴くなる声朝な朝な聞く——（「花」のある）春らしい春がまだ来ない」という対比関係を読み取ることによって、複語尾「なり」の使用や「あさなあさなきく」という字余りも、鶯は朝ごとに鳴いていながら（「花」のある）春らしい春がなかなか来ないという現実へのもどかしさを表現したものとして相互連関的に捉えられることになる。

また、一六番歌を本章のように把握することによって、上二句「野辺ちかくいへゐしせれば」の「し」の表現効果も生きてくる。「し」は「強意・強調」の助詞とされているが（松村［編］〈文献124〉等）、「野辺近く家居せれば」という内容をなにゆえに強めるのかと言えば、(18)野辺近く家居しているという正にそのことによって、上述のもどかしさを味わうことになっているためである。したがって、この助詞「し」は、「野辺近くに家を構えているばかりに」とでもいうような心情を表している。この「し」がなければ、上二句は、「鶯の鳴くなる声」を朝な朝な聞く背景を「野辺近くに家を構えているので」と、ただ述べるだけのものになってしまい、右のような心情は表現されない。

5　おわりに

以上、本章では、『古今和歌集』一六番歌について、おもに助詞「は」の機能と有脈テクスト論的観点から表現解析を行なった。

本章は、『古今和歌集』一六番歌の表現解析を通して、方法論的に、微視的観点（本章の場合、言語形式の意味・機能についての精確な把握）と巨視的観点（本章の場合、有脈テクスト論的観点）の併用・調和が必要であることを示し得たと考える（本書「序論」を参照）。

また、文学研究の問題としては、少なくとも『古今和歌集』において、「春」が、均質的な単一の層ではなく、

・立春による暦の上での「春」
・鶯の到来によってもたらされる「春」
・「花」のある「春」

など、幾重にも質を異にする層をなしているということ――「春」の多層性――について、

(18)　助詞「は」の場合と同様に、ここの「し」も「野辺近く家居せれば」という従属節全体を対象(scope)にして働いている。

今後の研究への示唆となり得るものと考える。

次章では、「春はあけぼの」で始まる、有名な『枕草子』冒頭部の表現について考察する。

第2章　『枕草子』冒頭部「春はあけぼの…」の表現解析

1　はじめに

本章では、『枕草子』冒頭部の表現のあり方について考察する。[1]

ここで『枕草子』冒頭部というのは、「春はあけぼの」から始まり「冬はつとめて……昼になりて、ぬるくゆるびもて行けば、炭櫃、火桶の火も、白き灰がちになりぬるはわろし」に至る箇所である。全文を次に掲げる（本文は松尾・永井［文献118］に拠る[2]）。

（1）本章は、竹林（文献86）の内容を基に加筆したものである。

（2）能因本を底本とする松尾・永井（文献118）のテクストを用いたのは、本章における先行研究の検討で中心的に取り上げる小松（文献61）が能因本のテクストで議論しているためで、特に積極的な理由があるわけではない。後に述べるように（第3節）、三巻本のテクストを用いても本章の論旨は全く変わらない。

なお、現在、多くの注釈書で底本となっている三巻本について、松尾・永井（文献118：29 5）は次のように言う。

（竹林注：三巻本系統本は）能因本系統本と比べると、語句の形態に古態を見いだすことが多いといわれる。ただそれは総体としてのことであって（竹林注：傍点は原文のもの）、個々の章段については、彼此優劣が錯綜していて、必ずしも常に三巻本本文が能因本本文に立ちまさっていると断じきれないことは、前掲の第一段の本文をながめてみても諒解できるであろう。

また、小松（文献61：40）も、能因本は「冒頭部分に関するかぎり三巻本よりも洗練された文章である」と述べている。能因本と三巻本の性質については、沢田（文献73：後篇）も参照されたい。

春はあけぼの、やうやうしろくなりゆく山ぎは、すこしあかりて、紫だちたる雲のほそくたなびきたる

夏は夜、月のころはさらなり、やみもなほ蛍飛びちがひたる、雨などの降るさへをかし

秋は夕暮、夕日花やかにさして山ぎはいと近くなりたるに、烏のねどころへ行くとて、三つ四つ二つなど、飛び行くさへあはれなり、まして雁などのつらねたるが、いと小さく見ゆる、いとをかし、日入り果てて、風の音、虫の音など

冬はつとめて、雪の降りたるは言ふべきにもあらず、霜などのいと白く、またさらでもいと寒きに、火などいそぎおこして、炭持てわたるも、いとつきづきし、昼

になりて、ぬるくゆるびもて行けば、炭櫃、火桶の火も、白き灰がちになりぬるはわろし

以下、まず、先行研究を検討し（第2節）、次いで、筆者の代案を提出する（第3節）。そして、『枕草子』冒頭部の問題から表現論一般に話を展開させ、表現の二つの類型について考える（第4節）。

2 先行研究と、その問題点

小松（文献61：第7章）は、「聴覚的に理解される仮名文テクスト、という新たな観点から『枕草紙』冒頭の表現を解析」したものであり、(3) 次の二点を「特に強調しておきたい」と述べている（p・277）。

① 四季の叙述の最初に置かれた句節が、それぞれのあとに続く叙述のための場面設定、状況提示として機能していること。

② 冒頭の句節を、韻律を構成する単位の一つである《七》にすることによって、散文詩的文体による叙述であることを暗示していること。

(3) 「聴覚的に」というのは、〈文字面のみからテクストを捉えるのではなく、プロミネンスやポーズのことを考えて〉ということである。詳細は後述する。

そして、「春はあけぼの」という表現について、次のように述べる。

> 「いとをかし」の省略とみなす説明も、それを認めない立場の説明も、説得力のある表現解析に成功していないのは、……「春はあけぼの」を、一つの文とみなしていることに最大の原因がある。（p・294）

小松（文献61）は、従来の見方を的確に批判した上で自説を提示しており、じっくり吟味するに値するものと考えられる。そこで本章では、小松（文献61）の議論を中心に先行研究を検討する。

では、以下、従来の説に対する小松（文献61）の批判を具体的に見てみたい（2・1節、2・2節）。その後、小松説を概観し、同説を検討する（2・3節）。

2・1　「いとをかし」省略説に対する小松氏の批判

まず、「春はあけぼの」の後に「いとをかし」が省略されていると見る説（例えばMorris［文献147］）[4]について、小松（文献61：287-288）は問題点を次のように指摘する。

> 「春は　あけぼの　いとをかし」のつもりであったなら、清少納言は、どうして、「春はあけぼの」までで止めてしまったのであろうか。日本人は、はっきりモノを言わず、あいまいにぼかした以心伝心の表現を好むとか、そのようなところにこそ

日本人の奥ゆかしさがあるとか、日本語のそういう言いかたは日本人の美しい心の表われであるとかいうたぐいの、俗耳に入りやすい自己陶酔の日本人論、日本語論でここをごまかしてしまったなら、事の本質には迫れない。そもそも、「春はあけぼの」という句節から喚起される情感は「いとをかし」以外にありえなかったなどと客観的証拠に基づいて断言できるはずがない。「春はあけぼの」にふさわしい形容語（形容詞、および、いわゆる形容動詞）としては、「あはれなり」「えんなり」などが即座に思い浮かぶ。しかし、この作品の「形容語連体形＋もの」の諸例などから十分に推察できるように、ことのほか繊細でユニークな感性の持ち主であった清少納言が、春の夜明けの情景を「さびし」「かなし」など、さまざまに捉えた可能性は十分に考えられる。すくなくとも、「春はあけぼの」まで読んだだけで、そのあとに続いたはずの語句を択一して推定することなど、とうてい不可能である。確かに、「春はあけぼの」という表現そのものから直後に「いとをかし」が省略されてい

（4）　小松（文献61：第7章）は、「いとをかし」省略説に立つ先行文献としてMorris（文献147）を取り上げているが、周知のように（また、小松［文献61：278-279］も言うように）、「いとをかし」省略説は日本の学校教育などで広くとられている見方である。注釈書では、田中（文献92）、松尾・永井（文献117）、萩谷（文献103）などが、「いとをかし」或いは「をかし」の省略と見ている。

ると見ることは無理であり、上の小松（文献61）の指摘は妥当であると考えられる。

2・2　非省略説に対する小松氏の批判

また、小松（文献61）は、「いとをかし」の省略と見なさない立場（非省略説）についても、問題点を指摘している。

小松（文献61）によれば、従来の非省略説はいずれも、「書記の基本原理に違背」している。[5] 書記の基本原理とは、次のようなことである。

現代の日本語話者が「春はあけぼの」の章段をふつうに声に出して読めば、坦々とした調子になる。なぜなら、「僕は東西大学の学生です」という文字連鎖を、特定の条件なしに、声に出して読んだ場合と同じように、先行する文脈がないから、「春」にも「あけぼの」にも、特に強く印象づけるべき理由がないからである。平安時代の人たちが読んでも、条件は同じであった。……平安時代も現代も、そして、日本語以外のどの言語でも、右の基本原理に変わりはない。書記テクストは、そういう自然な読みかたに基づいて理解されることを前提にして書かれている。

（pp・282-283）[6]

上のように「テクストの冒頭に置かれた「春はあけぼの」は、「春」にも「あけぼの」にもプロミネンスが置かれず、坦々と読まれたはず」なのに、非省略説はいずれも「特定の語にプロミネンスを置いた場合の理解になっており、それが、共通する難点」である（p・292）、というのが小松（文献61）の批判である。

それでは、以下、非省略説の立場をとる、柴田（文献75）、松尾・永井（文献119）、渡辺（文献146）に対する小松（文献61）の批判を詳しく見てみる。

2・2・1　小松氏の柴田説批判

柴田（文献74、75）は、「春はあけぼの」を、現代語の「僕はうなぎ」と同じ表現であると見ている（渡辺［文献145］・糸井［文献19］・上野［文献25］も柴田［文献74、75］と同様の見方をとっている）。

わたくしは、「春はあけぼの。」のあとには何も略されていないと考えている。清少

（5）小松氏が、"writing" に相当する日本語として「表記」ではなく「書記」という術語を使用しているのは、「表記」という用語が〈"writing" と "language" との間には高度の可逆性がある〉という誤った前提に立っていると見るためである（小松［文献58：24‐25］を参照）。

（6）小松（文献61：277）は、「仮名文テクストの表現を解析する場合になによりも大切なのは、考察の対象を構文類型として抽象化するまえに、それが使用されている文脈を確認することである」と述べている。

納言の時代でも、話しことばは現代と大差なかったのではないか。「春はあけぼの。」は、現代の

朝はパン。

僕はうなぎ。

干菓子は京都。

というのと少しも変らない文型ではないのか。何か話題にしたいことがあって、それをN1という名詞で表現し、それを「は」で受けて、そのあとに、また名詞N2を置くという文型で、これを一般化すると、

N1はN2

となる。これはきわめて自由な文型で、N1、N2にどんな名詞が来ても、意味の上の矛盾さえ引き起こさなければ成立する。……「朝はパン。」が理解できる高校生なら、「春はあけぼの。」も当然わかるはずである。「朝はパン。」にそれほどの説明を必要としないように、「春はあけぼの。」もたいして説明するまでもなかろう。もし、それではわからないという生徒のために、「朝はパン。」の次に、「にしている」とか「がいい」とかを補って説明するのも、教育の一つの方法かもしれない。それまでも否定はしないが、ただ、

朝はパン。

朝はパンにしている。

と、

とでは、文として別のものであり、意味も違うことに注意しなくてはならない。前者は、「朝はパンにしている」の意味と「朝はパンに限る」の意味の両方を含んでいて、威勢のいい感動文。後者は、意味が限定されていて、勢いのない説明文である。……「春はあけぼの。」は、正に感嘆の一文である。

（柴田［文献75：146-148、158］）

上の柴田（文献75）の見方について、小松（文献61：280-281）は次のように問題点を指摘する。

「僕はうなぎだ」にせよ「僕はうなぎ」にせよ、そういう類型の発話が日常的になされており、意図どおりに理解されているのは、それだけで相手が十分に理解可能な場面が与えられているからである。電車に乗って、隣の乗客に、いきなり、「あなたはウナギ？」とか、「僕は神様だ」とか話しかけたりしたら、精神状態を疑われる。もし、書記テクストが「僕はうなぎ」と書き始められていれば、読者は、『吾輩は猫である』と同じような擬人文であると理解するはずである。

渡辺（文献145）は、「ウナギ文」を「共通諒解の前提の場で成り立つ文」（p・68）であるとした上で、次のように言う。

> 枕草子の「春は、曙」は、共通諒解課題への解答文であり、その共通諒解課題とは、「をかしきもの」選び、に他ならない。……友人朋輩寄り合って、僕はこれ、われはかのもの、と各自の評価選択を述べあう、そういう場が短文「春は、曙」の背後にある、ということである。（p・69）

しかし、『枕草子』冒頭部の背景に「をかしきもの」選びのような場があったにせよ、「をかしきもの」選びという「共通諒解課題」の認識のもとで「春はあけぼの」という表現が読まれた（また、そう読まれることを想定・期待して書かれた）と考えるのは困難であろう（『枕草子』の書き出しが、「をかしきもの、春はあけぼの」とでもなっていれば別であるが）。

また、「春はあけぼの」について「春はあけぼのナノヨネー」という口ぶりに近い心情なのかもしれないと述べる山崎賢三氏や、「春ってあけぼのよ！」と現代語訳する橋本（文献114）の見方を柴田（文献74、75）が肯定していることに関して、小松（文献61：２８１）は次のように言う。

> 「春はあけぼの」は、「春はあけぼのナノヨネー」とか「春ってあけぼのよ！」とかいう「話しことば」を人工的に整えたもの[7]ではありえないし、これは書記テクスト

の冒頭の句節であるから、そういうくだけた表現として理解すべき条件も与えられていない。……「いいんだとも悪いんだともなんだとも、彼女は言っていない」から、「春ってあけぼのよ」が正しいのだという橋本治の主張を柴田武は支持している(8)が、その発話によって、どういう情報が伝達されるのか、小論の筆者には理解できない。

---

(7)「話しことばを人工的に整えたもの」という箇所は、柴田(文献75：155)が、「話しことばにこそ文法論の基準があって、書きことばはそれを人工的に整えたものだと見たい」と述べているのを承けたものである。

(8)橋本(文献104：4)は次のように述べている。

【春は曙】ただこれだけ。それがいいんだとも悪いんだともなんだとも、彼女は言っていない。普通ここを現代語に訳す時は【春は曙(がよい)】という風に言葉をこっそりと訳しますが、本書ではそういうことはしません。いいとも悪いともなんとも言っていないそこを押さえて、【春って曙よ！】これであります。これだけしか言ってないんだからこれだけが正しい。これが一番正しい直訳だと訳者は信じております。

野村(文献102)も、「春はあけぼの」について、「以下に省略を考える必要のない語法なのである」(p・110)とし、「もしも現代語訳をするならば、「春は、あけぼの！」とでもすべきではなかろうか」(p・110)と述べている。なお、この現代語訳「春は、あけぼの！」の「！」に関して、野村(文献102：115)は次のように注記している。

「！」は時枝文法にいう〝零記号〟を頭においてつけたものである。だから「よ」「かな」又は「なりけり」――更には「なり」――などで置換しうるものだが、その省略、といえば、また比喩でしかない。

きない。「トンボって昆虫よ」とか「わたしってバカよ」などとは条件が違うからである。仮名文は固有の品格をもつ優雅な書記文体であるから、最初の句節を「～ナノヨネー」とか、「春ってあけぼのよ」（竹林注：傍線は小松［文献61］のもの）などという俗なトーンで読み取るとしたら、仮名文の本質をわきまえていないことになる。清少納言がウィットに富む女性であったという事実は、彼女の作品を俗なトーンで読み取ることを正当化しない。

さらに、小松（文献61：283）は次のように述べる。

「春はあけぼののナノヨネー」も「春ってあけぼのよ！」も、右の①の場合のような「春はあけぼの」という理解（竹林注：「春の季節は、どの時間帯がお好きですか？」という問いに対して答える時のような、「あけぼの」にプロミネンスを置いた理解）を反映した読みかたであるが、すでに指摘したとおり、冒頭の句節をそのように読み取るべき理由はないから、この説明は成り立たない。

2・2・2　小松氏の松尾・永井説批判

松尾・永井（文献119）は、「春はあけぼの」について、「「春なら曙（だ）」と言い切った語勢」と注記している。この見方に対し、小松（文献61：283）は次のように言う。

「春なら曙」、「春なら曙だ」は、現代語による置き換えというよりも、そのように言い切った「語勢」を伝えようとしたものであり、表現にそれなりの工夫が認められる。ただし、現代語訳は「春はあけぼの」となっていても、「春はあけぼのナノヨネー」や「春ってあけぼのよ！」などと、決定的な隔たりはなさそうである。……「春なら曙（だ）」と言い切る気持ちで読めば、坦々とした調子ではなく、「春は＃あけぼの」（竹林注：傍線はプロミネンスの位置を示し、「＃」はポーズを表す）となるから、この説明も書記の基本原理に違背している。

2・2・3 小松氏の渡辺説批判

渡辺（文献146）は、「春はあけぼの」について、

「すばらしいのは、春なら曙だ」という構文で、結果的に「春は曙に限る」の意。

と注記している。この渡辺（文献146）の説明に対して、小松（文献61：284-285）は次のように批判している。

文法的操作をどのように工夫しようと、日本語話者の素朴な感覚がこの説明を素直には受け入れない。なぜなら、前節（竹林注：松尾・永井説のこと）の「春なら〜」は、春と言えば、もちろん、という含みとして理解されるが、この場合には、「す

ばらしいのは」を先行させているために、「春なら」が、ほかの季節には、もっとすばらしい時間帯があるかもしれないが、春だけに限定すれば、という含みになるからである。表現は文脈のなかで理解されるという当然の事実を、ここでも確認しておきたい。書記テクストの最初に、「北海道は小樽」と書いてあれば、だれでも、「すばらしいのは、北海道なら小樽だ」、「北海道は小樽に限る」と理解するとは考えにくい。「団子は隅田亭」という表現類型は現代語にもあるが、それを「すばらしいのは、団子なら隅田亭」という構文（傍線、原文）であると説明することは、語順を逆転した理解であり、言語の基本的特性である線条性を無視することになる。そういう表現は、成句として、あるいは、看板などに、独立して使用されれば意図どおりに理解できるが、小説や新聞記事などの冒頭に据えられたりすることはない。……間違いのもとは、「春は曙に限る」という結論が先にあって、そういう結論になるように理屈を立てようとしたことにある。……「すばらしいのは、春ならあけぼのだ」は、「春は♯あけぼの」という読みかたに基づき、「春はあけぼのに限る」は、「春はあけぼの」という読みかたに基づいているから、前者が「結果として」後者の意味になるとは考えにくい。いずれにせよ、この説明もまた、書記の基本原理に違背している。

2・3　小松説の概要と、その検討

上のように、小松（文献61）は、従来の諸説（「いとをかし」省略説、非省略説）を批判する。その批判は、概ね妥当なものであると考えられる。

それでは、小松（文献61）は、『枕草子』冒頭部について、どのように捉えているのであろうか。小松（文献61：295）は、次のように述べる。

「春は弥生、花も散り果てて、～」の「春は弥生」は、場面設定、ないし状況提示である。同様に、「山は白銀」（竹林注：「山は白銀、朝日を浴びて」という表現における「山は白銀」）も、場面設定、状況提示として説明が可能である。そういう観点からみれば、「春はあけぼの」も特定の季節における時間帯の特定であるから、状況提示の機能を果たしている。読者は、提示されたそれぞれの季節のそれぞれの時間帯について、みずからの記憶にある情景と重ね合わせながら、そのさきを読むことになる。「春はあけぼの」の場合、「春は」は大枠の提示であり、「あけぼの」は、最初の句節に提示された枠内での限定であるから、その限りにおいて、「江戸は神田の生まれ」、「山手線は神田の駅前に～」などと原理は同じである。

しかし、この小松説は、次の二つの点で検討の余地があるように思われる。

①「春はあけぼの」という表現と「東京は神田の生まれだ」型表現との間には、表現の性質において大きな違いがある。

②『枕草子』には大きく二種類の叙述法——「説明的叙述法」と「メモ的叙述法」——がある。

2・3・1 「春はあけぼの」と「東京は神田の」型表現

まず、上記①について見てみたい。先に見たように、小松（文献61：295）は次のように言う。

「春はあけぼの」の場合、「春は」は大枠の提示であり、「あけぼの」は、最初の句節に提示された枠内での限定であるから、その限りにおいて、「江戸は神田の生まれ」、「山手線は神田の駅前に〜」などと原理は同じである。

しかし、「は」の前後両項の関係が「大枠の提示—その枠内での限定」というあり方を持つといっても、「春はあけぼの」と、「江戸は神田の生まれ」「山手線は神田の駅前に〜」といった「東京は神田の生まれだ」型表現（以下、「東京は神田の」型表現と略する）とでは、表現性が異なる。

「東京は神田の」型表現の特徴として、次のような点が挙げられる（竹林［文献84、85：第II

部1章」を参照)。

特徴A:「東京は神田の」型表現の「は」は、題目提示用法ではない。換言すれば、同表現において、「は」の前項(「東京」)と、「は」の後項(「神田」)或いは後項+α(「神田の生まれだ」)との関係は、「題目—解説」の関係ではない。

特徴B:同表現は、「は」の前項(「東京」)なしでも表現として成立する。

この第一の特徴(特徴A)は、青木(文献2)や野田(文献101)でも指摘されている。また、第二の特徴(特徴B)は、次のようなことである。

(1)a 私、東京は神田の生まれです。

b 私、神田の生まれです。(aから「は」の前項を取り除いたもの)

(2)a 20年くらい前、カナダはトロント・ピープルズ・チャーチを訪ねた。(大川従道『新・教会成長うらおもて』[いのちのことば社、2000年]p・89)

b 20年くらい前、トロント・ピープルズ・チャーチを訪ねた。(aから「は」の前項を取り除いたもの)

(3)*私、東京は真ん中/はずれの生まれです。(「*」は、当該の表現が非文法的であることを表す)

(4)(「お誕生日は、いつですか?」と問われて)

＊12月は16日です。

「東京は神田の」型表現として適格な（1a）（2a）は、「は」の前項なしでも表現を成立させることができる（（1b）（2b））。一方、「東京は神田の」型表現として不適格な（3）（4）は、「は」の前項（「東京」「12月」）を取り除くと、次のように、出生地・誕生日を言う際の通常の表現として成り立たない。

（5）＊私、真ん中／はずれの生まれです。　（（3）から「は」の前項を取り除いたもの）

（6）（「お誕生日は、いつですか？」と問われて）＊16日です。　（（4）から「は」の前項を取り除いたもの）

（5）のように言ったのでは、「どこの真ん中／はずれ（の生まれ）なのか」が分からない。また、（6）も、誕生日が「何月の16日なのか」ということが不明である。

上のような特徴を持つ「東京は神田の」型表現に対して、「春はあけぼの」の場合、「は」の前項なしでは意図された表現が成立しない。「春はあけぼの」から「春は」の部分を取り除くと、次のようになる。

（7）＊あけぼの、やうやうしろくなりゆく山ぎは、すこしあかりて、紫だちたる雲のほそくたなびきたる

『枕草子』の書き手が言いたいのは「春のあけぼの」の話であり、「あけぼの」一般のこと

ではない。このことから、「春はあけぼの」という表現は、「東京は神田の」型表現とは異なるものであることが分かる。

小松（文献61：295）は、

「春は弥生、花も散り果てて、〜」の「春は弥生」は、場面設定、ないし状況提示である。同様に、「山は白銀」（竹林注：「山は白銀、朝日を浴びて」の「山は白銀」）も、場面設定、状況提示として説明が可能である。

とする。しかし、「同様に」と言っても、「春は弥生」と「山は白銀」とでは、表現のあり方・「は」の働き（用法）が異なる。「春は弥生」は、「東京は神田の」型表現であり、次のように、「は」の前項（「春」）なしでも表現が成立する（「東京は神田の」型表現の特徴B）。

（8）a　春は弥生、花も散り果てて、ほととぎすのなつかしき声、いつしかと待たるるころほひ

（小松氏の作例。小松［文献61：284］）

b　弥生、花も散り果てて、ほととぎすのなつかしき声、いつしかと待たるるころほひ

（aから「は」の前項を取り除いたもの）

また、「春は弥生」の「弥生」は、「春」についての説明であるとは見られない（「東京は神田の」型表現の特徴A）。上の（8a）の「春は弥生」は、〈春の弥生〉という、時の設定である。一方、「山は白銀、朝日を浴びて」の「山は白銀」は、小松（文献61：294）が「〈山

は、全体が銀色の姿で、朝日を浴びていて〉という情景を描写した」（傍線、竹林）ものとしているように、山のあり方について「白銀」と述べる、状態描写の表現である。よって、「山は白銀」の「は」は、題目提示用法であると言える。なお、結論を先取りして言えば、「春はあけぼの」の「は」も題目提示用法であるが、「春はあけぼの」の場合は、「春」についての状態描写ではない（題目提示については、本書第5章3・3節を参照されたい）。「山は白銀」が「東京は神田の」型表現でないことは、「は」の前項なしでは表現が成り立たないことからも分かる。

（9）a　山は白銀♯朝日を浴びて　（小松［文献61：294］。「♯」はポーズ）
　　b＊白銀♯朝日を浴びて　（aから「は」の前項を取り除いたもの）

以上見てきたように、「東京は神田の」型表現（「春は弥生」等）・「山は白銀」「春はあけぼの」は、表現の性質がそれぞれ異なり、一括りにすることはできない。特に、「東京は神田の」型表現と「山は白銀」「春はあけぼの」との間には、表現のあり方において大きな違いがある。[9]

2・3・2　「説明的叙述」と「メモ的叙述」

『枕草子』には大きく二種類の叙述法がある（これら二種の叙述法が、『枕草子』のテクストのみならず、言語表現一般の基本的二類型であることは、後に第4節で見る)。

二種類の叙述法とは次のようなものである。

α　説明的叙述法…表現しようとしている事柄を十分に言語形式化して、説明的に叙述する方式

β　メモ的叙述法…表現しようとしている事柄の一部しか言語形式化せず、事柄を断片的に叙述する方式

βで「メモ的」と名づけたのは、この叙述法が程度の差はあれ〈事柄を断片的に叙述する〉ものであることを象徴的に表したまでのことである(メモ的叙述法と「相手依存性」との関係については後述する)。

α(説明的叙述法)の例としては、次のような文章が挙げられる(本文は松尾・永井[文献119]に拠る)。

(10)　清涼殿の丑寅の隅の、北のへだてなる御障子は、荒海のかた、生きたる物どものおそろしげなる、手長足長などをぞかきたる、上の御局の戸を押し開けたれば、常に目に見ゆるを、にくみなどして笑ふ(第二〇段)

(9)「東京は神田の」型表現の詳細については、竹林(文献84、85：第II部1章)を参照されたい。

また、β（メモ的叙述法）の例としては、次のようなものがある（本文は松尾・永井［文献119］に拠る）。

(11)　山は　小倉山、鹿背山、三笠山、このくれ山（第一一段）

ただし、これらα・βという二種の叙述のあり方は、典型的な説明的叙述から典型的なメモ的叙述まで連続的であり、両者の間に明確な一線が引けるような、画然と二分されるものではない。

結論から言うと、「春はあけぼの」という表現は、『枕草子』におけるβタイプの述べ方（メモ的叙述法）に属する。上の「山は　小倉山」（(11)）という表現が「場面設定」や「状況提示」でないように、「春はあけぼの」も「場面設定」や「状況提示」ではないと考えられる。

『枕草子』に限らず、叙述のし方には大きく二つのタイプがある。即ち、「説明的叙述法」と「メモ的叙述法」である。このことを踏まえて言語表現を見ることが重要であろう（これら二種類の叙述法については第4節で改めて述べる）。

3　代案――「メモ的叙述」としての把握

それでは、「春はあけぼの」に始まり「冬はつとめて……白き灰がちになりぬるはわろし」

に至る『枕草子』冒頭部について詳しく見ていこう。
本章は、同冒頭部を、メモ的叙述の色が濃い文章として見る。
「春はあけぼの」に続くのは、次の叙述である。

やうやうしろくなりゆく山ぎは、すこしあかりて、紫だちたる雲のほそくたなびきたる

この叙述が連体止め(「……たなびきたる」)になっていることの意味について、小松(文献61：序章)は次のように述べている。

現代語では、終止形と連体形とが活用形として区別されていないので、連体形で止めた〈かきさし〉であることが分かる形をとって、「紫だちたる雲の細くたなびきたる」を、逐語的に口語訳するのは困難である。〈連体形のあとには体言が期待される〉という含みを生かして口語訳するとしたら、さしずめ、「紫がかった雲が、細くたなびいている、あの～」とでもなるところであろう。「たなびきたる」を、尻さがりでなしに、平坦なイントネーションで読むことによって、そういう含みをこめることができる。所与の文が、「あの～」で終わる〈かきさし〉の形になっているとしたら、それは、書き手が、連体形のあとにつづけるべき適切な体言の択一にためらい、そのまま、表現を中断してしまったことを意味している。したがっ

て、その部分まで文章の流れをたどってきた読み手は、急に書き手につき放され、明示されずに終わった体言を、そして、さらに、それを受けてつづくはずの述部の表現を、あれこれと模索せざるをえなくなる。〈そのありさまは、美の極致としかいいようがない〉とか、〈そのたたずまいは、この世のものとも思えない〉とか、読者は、みずからの経験をそこに融合させて、空想のなかにさまざまの情景を繰り広げることになる。（pp・22-23）

ただし、「書き手が、連体形のあとにつづけるべき適切な体言の択一にためらい、そのまま、表現を中断してしまった」という部分は、書き手が力不足であったということではなく、そのような方式を書き手が意図的にとったと理解するのがよいであろう。小松（文献61：第7章）も次のように述べている。

原本系（竹林注…能因本や三巻本）では、和歌の表現類型に合わせて、「紫だちたる雲のほそくたなびきたる」という言いさしの形式をとることにより、目前のあまりにもすばらしい情景をコトバでは的確に表現できないことを表わし、読者のイマジネーションにゆだねている。それが、いわゆる連体形止めの余情表現にほかならない。（p・307。傍線は原文のもの）

「やうやうしろくなりゆく山ぎは、すこしあかりて、紫だちたる雲のほそくたなびきたる」

は、春の曙の情景を具体的に叙述してはいるものの、その情景についてのコメント・評価を言語形式化しない〈言いさし〉(〈かきさし〉)の表現であるという意味においてメモ的叙述――即ち、〈表現しようとしている事柄の一部しか言語形式化せず、事柄を断片的に叙述するもの〉――であると言える。

〈言いさし〉という点では、「夏」「秋」に関する次の箇所も同様である。

(12)(「夏」に関して)やみもなほ蛍飛びちがひたる

(13)(「秋」に関して)日入り果てて、風の音、虫の音など[10]

また、『枕草子』冒頭部には、「言うまでもない」という形をとって、書き手が考えていることを明確に言語形式化しない表現もある。

(14)(「夏」に関して)月のころはさらなり

(15)(「冬」に関して)雪の降りたるは言ふべきにもあらず

この場合も、言わんとしていることを十分に言語形式化せず、「自明である」という形で片づけている(その具体的内容は読み手にゆだねる)点で、メモ的叙述であると言える。

(14)(15)のような、「さらなり」「言ふべきにもあらず」という表現は、自明であるとさ

(10) 三巻本では、「日入り果てて、風の音、虫の音など、はた言ふべきにあらず」とある。このことに関しては後に述べる。

れている内容を理解する読み手の存在を前提とする。(14)(15)に限らず、メモ的叙述は、言語形式化されない内容を理解する(或いは、理解し得る)読み手・聞き手がいてこそ言語表現として成り立つ。この、メモ的叙述の成立原理は、どの時代の、どの言語にも普遍的に当てはまるものであろう(勿論、例えば英語にも、メモ的叙述は存在する。シェイクスピアの作品『オセロー』の第三幕第四場で繰り返し発せられる'The handkerchief!'という希求表現[要求表現]が、その一例である[序論3・2節の末尾を参照])。

以上、『枕草子』冒頭部におけるメモ的叙述の表現について述べたが、上に引用したメモ的叙述の箇所が存在する一方で、『枕草子』冒頭部には次のような表現も見られる。

(16)(「夏」に関して)雨などの降るさへをかし

(17)(「秋」に関して)夕日花やかにさして山ぎはいと近くなりたるに、鳥のねどころへ行くとて、三つ四つ二つなど、飛び行くさへあはれなり、まして雁などのつらねたるが、いと小さく見ゆる、いとをかし

(18)(「冬」に関して)霜などのいと白く、またさらでもいと寒きに、火などいそぎおこして、炭持てわたるも、いとつきづきし、昼になりて、ぬるくゆるびもて行けば、炭櫃、火桶の火も、白き灰がちになりぬるはわろし

これら(16)~(18)は説明的叙述である。よって、『枕草子』冒頭部がメモ的叙述一色で

あるというわけではない。

しかし、(16)は、「夏」に関しての叙述であっても、「夏は夜、月のころはさらなり、やみもなほ蛍飛びちがひたる」というメモ的叙述の後に位置して、「ほかのときならいやでたまらない雨までが、夏の夜には、興を添えておもしろいと感じられるという、つけたり」(小松[文献61：290]。傍線は原文のもの)である。「雨までが、という助詞サへの機能がよく生かされている」(小松[文献61：290]。傍線は原文のもの)表現だと言える。

同様に、(17)の「夕日花やかにさして山ぎはいと近くなりたるに、烏のねどころへ行くとて、三つ四つ二つなど、飛び行くさへあはれなり」も、「さへ」を用いた「つけたり」である。この「つけたり」部分に更に付け加えられているのが「まして雁などのつらねたるが、いと小さく見ゆる、いとをかし」である。
(18)も、「冬はつとめて、雪の降りたるは言ふべきにもあらず」というメモ的叙述の後に位置する。「霜などのいと白く、またさらでもいと寒きに、火などいそぎおこして、炭持てわたるも、いとつきづきし」と「も」が使われていることからも、「つけたり」の表現であることが分かる。この「つけたり」部分に付加されているのが、「昼になりて、ぬるくゆるびもて行けば、炭櫃、火桶の火も、白き灰がちになりぬるはわろし」である。
このように見てくると、『枕草子』冒頭部において、説明的叙述の箇所は全て「つけたり」

の表現であることが分かる。同冒頭部で中心をなしているのはメモ的叙述である。

「春はあけぼの」「夏は夜」「秋は夕暮」「冬はつとめて」も、「春」「夏」「秋」「冬」について、それぞれ「あけぼの」「夜」「夕暮」「つとめて」という時間帯を提示するのみの表現（メモ的叙述）である。そして、提示された「あけぼの」「夜」「夕暮」「つとめて」をコア（核）として書き手が何を言わんとしているのかということは、読み手の想像にゆだねられている。ここに読み手の感性が問われることになる。また、「春」「夏」「秋」「冬」について各々「あけぼの」「夜」「夕暮」「つとめて」という時間帯を書き手が提示した理由に読み手が気づいたときの喜び・面白さもある。[11] メモ的叙述法がとられるときの、書き手と読み手の関係は、「情報の伝達者—受容者」という対立的関係ではなく、知的共同作業における参与者同士という関係（或いは、メモ的叙述が「知的チャレンジ」としての意味を持つ場合〔小松〈文献59：41-42、69-70〉を参照〕は、いわば「クイズの出題者と解答者」のような関係）である。

「春はあけぼの」を上のように捉えれば、小松（文献61）の言う「書記の基本原理」（本章第2節を参照）に違背することもない。即ち、「春はあけぼの」をメモ的叙述であると考えれば、同表現を「坦々とした調子」で読むことによる支障は生じない。

〈『枕草子』冒頭部の中核はメモ的叙述であり、説明的叙述の箇所は全て「つけたり」表現である〉ということは、従来、指摘されていなかったように見える。『枕草子』冒頭部が上のような特徴を有していることは、清少納言の、『枕草子』を書く姿勢（即ち、読み手に知的共同作業を求めるという姿勢）の表明として捉えられるであろう。『土左日記』冒頭の「をとこも

（11）小松（文献61：295-296）が次のように述べていることを参照されたい。

（竹林注：『枕草子』の）当時の読者たちが、どういう物事が、また、どういう事柄が、「すさまし」と感じられるかを各自で考えたなら、人によってさまざまだったに相違ないが、「昼吠ゆる犬」とか「春の網代」などを思い浮かべる人は、おそらく、いなかったであろう。作者と読者との感受性には大きなズレがあった。しかし、「すさましきもの」として意表外のものがあげられていることにエ？　と驚いたつぎの瞬間、言われてみれば、なるほどそのとおりだと共感し、作者のユニークな感性に驚嘆する。「昼吠ゆる犬」にエ？　と驚いて、共感→驚嘆ということになる。「春の網代」にも、まったく同じ過程を経て感嘆する。そういう過程がつぎつぎと繰り返される。感嘆の度合いは、読者の感性との落差に基づくエ？　という驚きの大きさに比例する。「形容語連体形＋もの」で始まる章段の魅力は意外性のもつ説得力にある。現代の読者は、わけもわからずに教室で教えられるから、「春はあけぼの」を、そういうものかと思って通り過ぎてしまうが、「春は」とあれば、若菜摘み、梅、鶯、桜、霞などを思い浮かべるのが当時の人たちのふつうの感覚だったはずである。しかし、この作者は春に特有の行事や事物ではなく、時間帯を、それも、「あけぼの」という意外な時間帯を提示し、独りで心静かに眺める情景のすばらしさを、美しい表現で動的に描写している。「春はあけぼの」から受ける感受性の大きなズレについての、エ？　→共感→驚嘆、という仕組みは「すさましきもの」や「うつくしきもの」などの場合と変わりがない。

すなる日記といふものを、をむなもしてみむとてするなり」が〈日記を男文字ではなく女文字で書いてみよう〉という書き手（紀貫之）の意向の表明である（小松［文献63］）ように、『枕草子』冒頭部の表現のあり方も、書き手（清少納言）の姿勢（読み手への意向）の表明として了解されるのであった。

なお、本章では能因本のテクストで議論を進めたが（注2参照）、この論の内容は、三巻本のテクストに関しても当てはまる。

例えば、「夏」に関する箇所で、三巻本には（能因本にない）次の傍線部の叙述が見られる（本文は松尾・永井［文献119］に拠る）。

（19）夏は夜、月のころはさらなり、闇もなほ、蛍のおほく飛びちがひたる、また、ただ一つ二つなど、ほのかにうち光りて行くもをかし、雨など降るもをかし

（19）の傍線部は、「夏は夜、月のころはさらなり、闇もなほ、蛍のおほく飛びちがひたる」というメモ的叙述の後に位置している。そして、「ほのかにうち光りて行くもをかし」と助詞「も」が使用されている（例（18）の「霜などのいと白く、またさらでもいと寒きに、火などいそぎおこして、炭持てわたるも、いとつきづきし」を参照）。これらのことから、「また、ただ一つ二つなど、ほのかにうち光りて行くもをかし」という説明的叙述は、既に見た能因本の場合と同じく、「つけたり」の部分に現れていることが分かる。

また、注10に記したように、「秋」に関する箇所において、能因本では「日入り果てて、風の音、虫の音など」と〈言いさし〉の表現をとっている部分が、三巻本では「日入り果てて、風の音、虫の音など、はた言ふべきにあらず」となっている。しかし、既述のように、「はた言ふべきにあらず」という表現も、メモ的叙述であるという点では〈言いさし〉表現と同様である（例（15）を参照）。

本章で述べたようなメモ的叙述法は、『枕草子』のみに見られるものではない。文学作品で言えば、和歌・俳句（小松［文献59］を参照）や『徒然草』などに顕著に見てとることができる。また、文学作品に限らず、メモ的叙述法という述べ方は、日本語表現の中に広く観察されるものである。この「日本語表現の中に広く観察される」ということについて次節で見てみたい。

4 表現の二類型

叙述のし方に「説明的叙述法」「メモ的叙述法」という二つのタイプがあることは既に述べた。このことは、「ダイアローグ的談話」「モノローグ的談話」という池上（文献13）の分類と軌を一にするものである。

「ダイアローグ的談話」とは、「話し手と聞き手とが相互に役割交替を繰返しながら、対等のパートナーとして、話し手の方が聞き手の側の十分な理解に配慮して振舞うことが当然の前提とされる〈話し手責任〉的な型のコミュニケーション」（池上［文献13：285］）のことであり、「説明的叙述」に相当する。

一方、「モノローグ的談話」とは、「話し手は聞き手の側で理解への最大限の努力をしてくれることを当然の前提として、多かれ少なかれ自己中心的に振舞うという〈聞き手責任〉的な型のコミュニケーション」（池上［文献13：285］）のことであり、「メモ的叙述」に相当する。

池上（文献13）は、日本語のコミュニケーションが、しばしば「モノローグ的談話」に傾くことを指摘している。

また、「説明的叙述」「メモ的叙述」は、水谷修（文献129）や水谷信子（文献130〜132）の言う「対話」「共話」という区別とも繋がる（「対話」は「説明的叙述」に相当し、「共話」は「メモ的叙述」に相当する）。水谷信子（文献130：31-32）は次のように述べる。

日本人の話しかたの特徴は、共同して話を作るという態度である。一人が自分の話を終りまで述べて、次に他の一人が改めて自分の考えを述べ始めるより、二人が互いに補い合い、はげまし合いながら話の流れを作っていく態度が基本になっている。この意味ではdialogue（対話）という語はふさわしくない。対話でなく、共話

とでも言いたいような形である。共同して話を作るのであるから、いわゆる完全文は必要ではない。(12)

池上（文献13）の「モノローグ的談話」（即ち、独白的談話）ということと、水谷信子（文献130）等の「共話」ということとは、一見、反対の事柄のように見えるかもしれない。しかし、言表者が、言わんとすることを十分に言語形式化しないという点、そして、相手の積極的理解（共同作業）を求めるという点で、「モノローグ的談話」と「共話」は共通している。

上のような、ディスコースの二種のあり方に類似する現象は、文（sentence）のレベル（文法レベル）においても認められる。その典型は、尾上（文献36、38、等）の言う意味での「述体

(12) メイナード（文献133）でも、日本語の会話と英語（アメリカ英語）の会話の諸特徴は「日本語がいかに「共話」的な会話を大切とし、又逆にアメリカ英語ではいかに「対話」を大切にするかを示している」（p・214）と述べられている。水谷修（文献129：207）が次のように言っていることも参照されたい。

日本語に特有なと言っても良いと思われる、この場面依存度の高い言語使用法と、言語そのものの形の中に伝達内容を盛り込もうとする方式とでは、ことばによるコミュニケーションのあり方としては、根本的といえるほどの差がある。外国人と日本人とのコミュニケーションを考える場合ばかりでなく、日本人同士の間にあっても、傾向の差はやはり存在するようであるし、また、変化していく可能性もあるようだ。

句」「喚体句」の別であろう。(13)「述体句」とは、平叙文・疑問文のことであり、次のような性質のものである（尾上［文献36：577、文献38：889］）。

「述体句」の性質

（1）その表現はことに対する承認である。

（1'）従って、その文形式は判断の構造に対応して必ず二項的である（無論、主語省略などのことはあり得るが）。

（2）言語主体の承認作用は、承認されたことの中に対象化されてある。

（2'）従って、ことが承認作用を含んだ形で一つの内容として自立する《現場からの独立性》。

（3）ことについての承認作用という言語主体の心的行為も、承認された結果のことも、すべてことばに乗っていると言える。

一方、「喚体句」とは、（ゴキブリを見ての発話）「ゴキブリ！」、（水を欲しての発話）「水！」といった「感嘆・希求名詞一語文」（竹林［文献85］の用語）のようなもののことであり、次の性質を持つ（尾上［文献36：576、文献38：889］）。

「喚体句」の性質

（1）その表現はその時、その場の心的経験・心的行為（感嘆、希求など）に対応する《現場性》。

（2） 表現される心的経験・心的行為はものやことの中に対象化され得ない。

（13） 「述体」「喚体」というのは、もとは山田文法の用語である。

命題の形をとれる句は二元性を有するものにして理性的の発表形式にして、主格と賓格との相対立するありて、述格がこれを統一する性質のものにして、その意識の統一点は述格に寓せられてあるものなり。この故に今之を述体の句と名づく。次にその主格述格の差別の立てられぬものは直観的の発表形式にして一元性のものにして、呼格の語を中心とするものにして、その意識の統一点はその呼格に寓せられてあるものにしてその形式は対象を喚びかくるさまなるによりてこれを喚体の句と名づく。而して国語の一切の思想発表の形式は根本に溯れば、この述体の句、喚体の句の二種に帰するなり。（山田［文献142：935-936］）

また、山田文法における「句」とは「文の素たるもの」（山田［文献142：904］）のことであり、「その句が運用せられて一の体をなせるもの」（山田［文献142：904］）を「文」と言うとしている。「句といふものは文の要素としての単位なりと考へ、それが一個にて成立したるもの即ち単体の文を単文と名づけ、二個以上にて成立したる文即ち複体の文を複文と名づくる事とせり」（山田［文献142：1052］）。

山田（文献141、142、等）の文法論における「述体―喚体」概念と、尾上氏の「述体―喚体」把握との相違については、尾上（文献36）を参照されたい（ただし、尾上［文献36］で「喚体」に属するとされていた「あつい！」「空が青い！」のような文は、尾上［文献38］では、「述体」に位置づけるべきものとして修正されている）。

（3）ことばになるのは遭遇対象、希求対象のみで、心的経験・心的行為の面はことばにならない。

典型的な「述体句」（上の「述体句」の性質の（1）〜（3）を十分に満たしているもの）は「説明的叙述」の表現であり、「喚体句」は「メモ的叙述」の表現である（ただし、『枕草子』冒頭部の表現で見たように、「述体句」であっても「メモ的叙述」である場合がある）。

また、尾上（文献39、41）は次のように言う。

「ラレル」を述語の中に持つ文は、その文の主語を出来（しゅったい）の場として事態の出来を語るものであって、出来の場は話者ではなく、この点で「（ヨ）ウ」の場合[14]とは違うけれども、ただ事態の出来をしか語らない文形式が受身、可能、自発、尊敬のいずれかに理解されるという点は、非現実事態の放り出しが聞き手によって推量か意志かに理解されるということと軌を一にして、本質的な意味で〈聞き手／読み手責任〉に支えられている〈モノローグ的〉な言語表現だというべきであろう。（尾上［文献39：104］）

喚体句やショウ形（セム形）終止法のように、話者の心に映り心を占領する画面だけを語ることによってそれを心に浮かべた話者自身の内面のあり方まで表現してしまうというあり方は、たしかに日本語の言語表現の一つの顕著な傾向を表していると言えよう。日本語の伝達は、聞き手の想像力に多くを依存し、聞き手責任に支えられている部分が大きい。喚体句やショウ形終止法による表現は、そのような極端な聞き手依存が慣習化、固定化し、言わば文法に焼きつけられたものと言うことができる。（尾上［文献41：88］）

以上見てきた、「説明的叙述」（ダイアローグ的談話、対話、述体句）・「メモ的叙述」（モノローグ的談話、共話、喚体句）という表現のあり方は、要するに、「完結型表現」「非完結型表現」という、表現の二類型として捉えることができる。

「完結型表現」は、意味内容（言表者が言わんとしている内容）が十分に言語形式化されている表現である。

一方、「非完結型表現」は、意味内容が部分的にしか言語形式化されず、言語形式化されていない部分に関しては聞き手・読み手の理解にゆだねられる、という表現である。

（14）尾上（文献39）は、「（ヨ）ウ」について、「「（ヨ）ウ」を文末に持つ文が推量や意志という〝主観的〟な意味を結果的に表すのは、話者が心に浮かべた非現実の事態を「それがいずれ生起する」とも「それを実現したい」とも言わずに、ただ心に浮かんだままに放り出すことによって」（p・104）であると述べている。

完結型表現	非完結型表現
説明的叙述	メモ的叙述
ダイアローグ的談話	モノローグ的談話
対話	共話
述体句	喚体句

勿論、「完結型表現」と「非完結型表現」との間に明確な一線は引けない。しかし、それでも、「完結型」「非完結型」という表現の二類型を押さえておくことは、話し言葉と書記テクスト、ディスコースと文、古代と現代、等の相違を問わず、言語表現のあり方を考える際に、また、表現解析を行う際に、極めて重要であると考えられる。本章では、この、表現の二類型把握の重要性を、『枕草子』冒頭部の表現解析を通して示した。

5 おわりに

以上、『枕草子』の冒頭部について表現解析を行なった。そして、同冒頭部の表現を「メモ的叙述」の色が濃いものとして捉えた。

になる。

「春はあけぼの」という箇所に限定して従来の諸説と本章の見方を整理すると、次のよう

「春はあけぼの」の後に「いとをかし」が省略されていると見る説（「いとをかし」省略説）は、「春はあけぼの」という表現がメモ的叙述（非完結型表現）であるとの理解に立っている点で妥当であるが、言語形式化されていない部分を「いとをかし」と特定していることが問題なのであった（2・1節を参照）。

また、「春はあけぼの」の後に「いとをかし」が省略されているとは考えない説（非省略説）は、「春はあけぼの」という表現について、そこに何かを付け加えることなしに（いわば、表現にそって）考えようとしている点で評価されるが、「春はあけぼの」を完結型表現（に近いもの）として捉えることにより様々な問題（書記の基本原理への違背や、無理なコンテクスト設定）が生ずる（2・2節を参照）。

これら、「いとをかし」省略説と非省略説の問題点を鋭く批判した小松（文献61）は、「春はあけぼの」を「状況提示」であるとし、「東京は神田の」型表現との共通性を指摘する。しかし、「春はあけぼの」と「東京は神田の」型表現とでは表現の性質が大きく異なるのであった（2・3・1節を参照）。

上のような諸説を踏まえて、本章では、「春はあけぼの」が、「春」について「あけぼの」

という時間帯を提示するのみの表現（非完結型表現）であり、「あけぼの」をコア（核）として書き手が「春」について何を言わんとしているのかは読み手の想像にゆだねられているとした。この見方をとることにより、先行諸説の問題点を克服することができる。

一般に、対象を的確に把握・理解するためには、巨視的観点と微視的観点とを併用し、それらを調和させつつ対象にアプローチすることが必要である（本書「序論」を参照）。本章の分析も、この方法論を実践したものである。即ち、巨視的には『枕草子』全体における（また、言語表現一般に見られる）叙述のあり方（二種類の叙述法）を見、微視的には助詞「は」の機能を詳細に考察した。

また、本章では、『枕草子』冒頭部についての分析から、表現の二類型——完結型と非完結型——について見た。『枕草子』冒頭部における非完結型表現の意義が、今後、積極的に評価されるべきであろう。

次章では、『大鏡』『平家物語』における謎の表現について解明を試みる。

第3章　『大鏡』「ひよ」・『平家物語』「あたあた」の表現解析

1　はじめに

本章では、『大鏡』と『平家物語』を対象として、従来指摘されてこなかった、散文の重層表現（重ね合わせの表現）の例について考察する[1]。

以下では、まず、仮名文（和文・和歌）における重層表現について概観する（第2節）。その後、『大鏡』における「ひよと吠えたまふらむ」という表現の「ひよ（びよ）」が犬の声の単なる模写ではないことを述べ、「ひよ」の重層表現性について論ずる（第3節）。次いで、『平家物語』の「入道（平清盛）死去」の場面における重層表現について指摘・考察する（第4節）。そして、最後に、本章の考察を基に、的確な表現解析を行うための方法・ポイントについて述べる（第5節）。

（1）本章は、竹林（文献88）の内容を基に加筆したものである。

2　仮名文における重層表現

『大鏡』『平家物語』の表現解析に入る前に、仮名文（和文・和歌）における重層表現（重ね合わせの表現）について述べておく。

『古今和歌集』を代表とする平安朝の和歌で重層表現が効果的に用いられていることについては、小松（文献56、57、59、62）に詳述されている。[2]

例えば、次の和歌を見られたい。

もろこしにて月を見てよみける　　　　安倍仲麿

あまの原ふりさけみれは　かすかなるみかさの山にいてし月かも

（『古今和歌集』羇旅歌、四〇六番）

この和歌は、「声に出して読めない」日本語である。なぜなら、「かすか」という仮名連鎖に「（記憶が）微か」と「春日」が重ね合わせられているからである（小松［文献62：276-279］）。小松（文献62：278-279）は次のように述べている。

注釈書の校訂テキストは、どれも「春日なる」と表記されているが、もとの表記は「かすかなる」である。仮名連鎖「かすかなる」が一次的に喚起するのは形容語「微かなる」である。したがって、「あまのはら、ふりさけみれは、かすかなる」まで読んだ段階で、第三句「かすかなる」は「微かなる」でしかありえない。「かすかなる」のあとに期待されるのは名詞であるから、第四句まで読めば、「微かなる三笠の山に」という理解がひとまず成立するが、それと同時に、三笠山は春日の地にあるというひらめきが一次的理解と重なり、「微かなる、春日なる三笠の山に」という二次的理解が成立する。安倍仲麻呂は若くして故郷を離れ、「あまたの年を経て」異国の生活を送ったために、なつかしい三笠山すらも微かなイメージしか浮かばなくなっている。しかし、今、ここに昇ってきたこの月は、まさしく春日の地の三笠山に出たあの月だ、というのがこの部分の表現である。微かな記憶しか残っていない故郷の山と、確実な記憶としての月の姿とを対比した表現が際だっている。「出でし」のシは、空に懸かっているあの月は、昔、三笠の山から上ってきたのを見た、あれと同じ月だという事実の確認である。それが、「月を見て詠みける」という詞書の意味でもある。「微かなる、春日なる三笠の山に」という複線構造として読まなければ、仲麻呂の感慨は理解できない。

また、次の和歌でも重層表現が用いられている。

（2）重層表現と「掛詞」との違いについては小松（文献59：第3章）を参照されたい。

在原棟梁

春たてと花もにほはぬ山さとは　物うかるねにうくひすそなく

（『古今和歌集』春歌上、一五番）

この和歌では、「物うかるね」に「物うがる音」（《億劫がった声》）と「物うかる音」（《気が滅入る声》）が重ねられ、「うくひす」という仮名連鎖に「鶯」と「憂く干ず」（《つらくて涙が乾かない》）が重ねられている（本書第1章3・2節を参照）。

上では和歌における重層表現を見たが、重ね合わせの表現は和文（散文）でも見られる。

やまとうたは、ひとの心を種として、よろづの言の葉とぞなれりける

（『古今和歌集』仮名序）

「ひとの心」は、「人の心」であるとともに「一（ひと）の心」でもある（小松［文献62：92-94、文献63：88-90］）。次の、小松（文献63：89-90）の説明を見られたい。

「やまとうたは、ひとのこころを種として」までの段階では、〈人の心〉としか読み取れませんが、「よろづの言の葉とぞなれりける」まで読むと、仮名連鎖「ひと」は、「ひとつ」と「よろづ」との対を喚起します。名詞の語形はヒトツですが、同じ意味の接頭辞ヒトが当時もふつうに使用されていたために、「ひとの心」は「一（ひと）の心」とも反射的に分析されました。仮名連鎖「ひとの」を、まず「人の」

と同定させたうえで、そのあとの「よろつ」からさかのぼって、「ひとの」を「一（ひと）の」、すなわち、ヒトツのという意味に同定させ、読者の脳裏で両者を重ね合わせさせるのがこの表現の仕組みです。……以上のように、この一節は、「やまと歌は、人のひと（つ）の心を種として、よろづの言の葉とぞなれりける」、すなわち、万人の共有する心を、多様なことばで表現したのが和歌なのだ、という意味に理解すべきです。……仮名連鎖の重ね合わせによる複線構造は、三十一文字の厳しい量的制約を克服して豊富な表現を可能にする手段として発達した技巧ですが、和歌だけでなく、『古今和歌集』仮名序のように優雅な文体の和文にも応用されていることに注目しましょう。

また、小松（文献63）は、『土左日記』冒頭にも重層表現が存在することを明らかにしている。

をとこもすなる日記といふものを、をむなもしてみむとてするなり

小松（文献63：第II部）は、「をむなもし」という仮名連鎖に「女も（助詞）し（サ変動詞連用形）」と「女文字」が重ね合わせられているとし、この『土左日記』冒頭部は〈日記を男文字ではなく女文字で書いてみよう〉という書き手（紀貫之）の意向の表明であると述べている。

散文における重ね合わせ表現の例をもう一つ見てみよう。

『源氏物語』の次の一節に見られる「ねうねう」は、和文における重層表現として比較的よく知られている（山口［文献136：342、文献137：148］、阿部・秋山・今井［文献7：150〈頭注12〉］）。

（柏木は）つひにこれ（女三の宮の猫）を尋ねとりて、夜もあたり近く臥せたまふ、明けたてば、猫のかしづきをして、撫で養ひたまふ、人げ遠かりし心もいとよく馴れて、ともすれば衣の裾にまつはれ、寄り臥し、睦るるを、まめやかにうつくしと思ふ、いといたくながめて、端近く寄り臥したまへるに、来て、ねうねう、といとらうたげになけば、かき撫でて、うたてもすすむかな、とほほ笑まる

（「若菜下」。本文は阿部・秋山・今井［文献7：150］に拠る）

柏木は、猫の鳴き声「ねうねう」に「寝む寝む」を重ね合わせて捉えている(3)。

以上で見たように、重層表現は、韻文・散文のいずれにおいても存在する。しかし、散文の重層表現に関しては、見逃されている事例が少なくないように見える。本章では、『大鏡』と『平家物語』を対象として、従来指摘されてこなかった、散文の重層表現の例について論ずる。

3 『大鏡』における重層表現

3・1 問題の所在

『大鏡』に次の箇所がある。

> また、清範律師の、犬のために法事しける人の、講師に請ぜられていくを、清照法橋、同じほどの説法者なれば、いかがすると聞きに、頭（かしら）つつみて誰ともなくて聴聞しければ、ただ今や、過去聖霊は蓮台の上にてひよと吠えたまふらむ、とのたまひければ、さればよ、異人（ことひと）、かく思ひよりなましや、なほ、かやうの魂あることは、すぐれたる御房ぞかし、とこそほめたまひけれ、まことにうけたまはりしに、をかしうこそさぶらひしか、これはまた、聴聞衆ども、さざと笑ひてまかりにき、いと軽々なる往生人なりや、また、無下のよしなしごとにはべれど、人のかどかどしく、魂あることの興ありて、優におぼえはべりしかばなり
>
> （本文は橘・加藤［文献91：399-400］に拠る）

上の箇所に関して、山口（文献137）は次のように述べている。

法事の席で、剽軽に犬の声などをまねて話した機知がうけたのでしょう。さて、犬

(3)「ねうねう」の「う」に関して、山口（文献137：148）は、「平安時代にあっては、意志の助動詞「む」に通じるような「ン」の音であったと察せられます」と述べている。

の鳴き声は、何と写されていたでしょうか。「ひよ」です。……日本古典文学大系『大鏡』をはじめ、『大鏡』の諸注釈書は、いずれも犬の声を「ひよ」と読んでいます。けれども、「ひよ」が、犬の声だと信じられますか？もう少し他の資料を検索してみる必要があります。（pp・121-122）

そして、山口（文献137）は、『悉曇要集記』（1075年成立）で犬の声が「ヒヨ」と表記されていることを確認した後、[4]

> 犬の吠え声を「ひよ」と清音で聞いていたと考えるのは、いかにしても納得しにくい。「ひよ」では、まるで雛鳥のような声です。現に、平安時代には、雛鳥の声を、「ひよ」と写しています。（p・123）

と言い、[5]『狂言記』（1660年刊）で犬の声が「びよびよ」と濁音表記されていることや、近松門左衛門の作品に

> 越路の雪にふるさとの空をしたひて鳴く犬の。別府（べう）の湯本はあれとかや
> （浄瑠璃『用明天王職人鑑』）

とあって「別府」（「びょう」と発音）が犬の鳴き声に掛けられていると見られることなどを根拠として、次のように述べる。

> これらの例は、犬の吠える声を「びよ」「びょう」と濁音で写す歴史のあったこと

を示しています。平安末期の『大鏡』に見られる「ひよ」の語も、この系譜に連なる犬の声に違いありません。とすれば、『大鏡』の諸注釈が読むような「ひよ」ではないのです。「びよ」と濁音で読むべき犬の声なのです。濁音は、一般に清音より大きく濁った感じを与えます。雛の声に比べてはるかに大きく濁った音色の犬の声は、「びよ」と読まれてこそ説得力があります。考えてみれば、犬の声を英語では"bow"と言い、ドイツ語では"bau"。どちらもバ行音で写しています。ですから、昔の日本人が、「びよ」「びょう」と聞いても不思議はないわけです。……江戸時代中頃までは、この「びよ」「びょう」の犬の声が、実によく見られます。（p

---

（4）『悉曇要集記』（建長二年深賢書写本など）では、片仮名の箇所において清音と濁音を区別する表記はなされていない。

（5）雛鳥の声を「ひよ」と写している例として挙げられているのは、次の和歌である。

巣を出でて　ねぐらも知らぬ　ひな鳥も　なぞや暮れゆく　ひよと啼くらん

（『宇津保物語』「藤原の君」）

この和歌について山口（文献137：123-124）は次のように説明している。

これは、「巣を出て、帰って寝る場所もわからない雛鳥も、どうして『暮れていく日よ』と心細そうに鳴いて途方にくれているのだろうか」といった意味の歌。自分のやるせない心持ちを、雛鳥の鳴き声に重ね合わせて聞いたもの。「ひよ」は、「日よ」の意味を掛けた雛鳥の鳴き声です。

p・126-127）

しかし、平安末期において犬の声が「びよ」と捉えられていたとしても、清範律師が、「ただ今や、過去聖霊は蓮台の上にてびよと吠えたまふらむ」と、犬の声をわざわざ話の中に持ち出した（或いは、『大鏡』の作者が、そう記した）のは、なぜであろうか。

山口（文献137）は、先に引用したように、「法事の席で、剽軽に犬の声などをまねて話した機知がうけたのでしょう」と述べている。しかし、「ただ今や、過去聖霊は蓮台の上にてひよ（びよ）と吠えたまふらむ」という律師の発話に続く部分（下に引用する）を読むと、律師は、山口（文献137）の見方では説明できないような高い評価を与えられている。

されぱよ、異人（ことひと）、かく思ひよりなましや、なほ、かやうの魂あることは、すぐれたる御房ぞかし、とこそほめたまひけれ、まことにうけたまはりしに、をかしうこそさぶらひしか、これはまた、聴聞衆ども、さざと笑ひてまかりにき、いと軽々なる往生人なりや、また、無下のよしなしごとにはべれど、人のかどかどしく、魂あることの興ありて、優におぼえはべりしかばなり

「ただ今や、過去聖霊は蓮台の上にてひよ（びよ）と吠えたまふらむ」という律師の発話が右のように高く評価されているのは、なぜであろうか。

諸注釈書は、次のような注を付けるのみで、律師の発話が高い評価を与えられている理由

を明らかにする手掛かりにはならない。

極楽浄土の蓮の台（うてな）の上でワンと吠えていらっしゃるだろう。（松村［文献125：271］）

今時分は、さぞや過去聖霊は、蓮台の上にちんと坐つて、ワン！ と吠えていらつしやるだらう。（岡［文献29：326］）

「ひよ」は犬の鳴き声の擬声語。（橘・加藤［文献91：399］）

橘（文献90）や保坂（文献111）の注も、右と同様のものである。

馬渕（文献126）は、律師の発話が高い評価を受けた理由について、「諸注を見ても、も一つ納得がいかない」（p・18）とし、次のように言う。

おそらく、清範律師の「ただいまや過去聖霊は、蓮台の上にてびよと吠えたまふらむ」という言葉の中に、現代では理解し難いギャグが隠されているのではないだろうか。犬が「びよ」と吠えるのは、現代人から見ると滑稽なようであるが、同じ表現は狂言記にも見える。「柿山伏」の中に、

▲かきぬし いぬなら。なかうぞよ▲山ふし はあ。又こりゃ。なかざなるまい。びよびよ。（北原保雄・大倉浩『狂言記の研究』）

とあるから、犬の鳴声を「びよ」と表わすことは当り前のことなのである。（「び」

を濁音で言うのは、現在まで伝わっているとのこと。田口和夫君教示。）そうすると、「びよと吠える」だけでは何のおかしみもない。「過去聖霊」とか「蓮台の上にて」とか言って、犬を人間扱いにしていることも、それほどおもしろいわけでもないだろう。しかし、どうも蓮台の上で「びよ」と吠えることが、当時の人にとって「さればよ」とすぐに理解され、しかも「こと人、かく思ひよりなましや」と感嘆されるような着想があったと思わざるを得ない。（pp・18-19）

そして、「蓮台の上に乗った諸尊の種子《しゆじ》」(6)に着目し、次の見解を提示している。蓮台の上の諸尊は、その梵字によって象徴されるわけである。ゆえに、蓮台の上に乗っている犬は、「びよ」という種子によって象徴されていると見てよいわけである。（p・19）

馬渕（文献126）は、「びよ」という音の種子が種子集に見当たらないことから、「清範は、どれという確定したものではなくて、犬の吠声をそれらしき種子として蓮台の上に乗せたのではないか。そして清照も、うまくやったなと感心したのではないかと思うのである」（p・19）と述べている。

「びよ」について、単に犬の声を表したものではないとする馬渕（文献126）の見方は、本書筆者の考えと一致する。しかし、「ただ今や、過去聖霊は蓮台の上にてびよと吠えたまふらむ」という発話から、清範律師が「びよ」という種子を蓮台の上に乗せたものと見るのは、無理であろう。〈蓮台の上の諸尊が或る種子によって象徴されるゆえに、蓮台の上の犬が「びよ」という種子によって象徴されていると見てよい〉という論理はない。また、仮に、律師が蓮台の上の犬を「びよ」という種子で象徴したとしても、それが、『大鏡』本文に記されているような称賛に値することだとは考えられない。

3・2 「ひよ」の重層表現性

それでは、「ただ今や、過去聖霊は蓮台の上にてひよ（びよ）と吠えたまふらむ」という表現について、どのように考えればよいであろうか。

筆者（竹林）の結論を言えば、「ひよ」は犬の声と「干よ」を重ね合わせたものであると考えられる。「干よ」とは「涙、干よ」（これ以上、涙を流さないでください）の意である。(7) 犬のた

（6）「諸尊の種子」とは、「仏菩薩・経典などを梵字一字（単字・合字のいずれでも）で表すもの」（馬渕［文献126：19］）である。

（7）「干よ」は、文字通りには（涙について）「乾け」ということであるが、（元）飼い主に向けられた、この発話の意味（メッセージ）としては「これ以上、涙を流さないでください」ということになる。犬の声と重ね合わせるために、「干よ」という表現に若干の不自然さが生ずることは否めないとしても、この程度はポエティカル・ライセンス（詩の許容）の範囲内であろう。な

お、山口（文献137・87）は、次の和歌で鹿の声「ひよ」と「干よ」（《涙、乾け》の意）が重ね合わせられていることを指摘している。

しか
ぬれきぬをほすさをしかの声きけは　いつかひよとそなきわたりける　とものり
（『古今和歌六帖』第二。本文は宮内庁書陵部［文献52］に拠る）

めに法事を行うほどであるから、飼い主であった人の、死んだ犬に対する思いは並大抵のものではない。その悲しみに対して、犬が「極楽往生しているから悲しまないでください（これ以上、涙を流さないでください）」と言っている（吠え声に重ね合わせて、犬にそう言わせている）ところに、律師の発話の面白さがある。「吠えたまふらむ」と動詞「吠ゆ」が用いられていることは、メッセージの強さを表している。勿論、犬からのメッセージとして表現された「干よ」は、律師から（元）飼い主へのメッセージでもある。

　ここで、次のような疑問が生ずるかもしれない。それは、「び」「ひ」の子音の問題である。犬の声を表す「ひよ」の語頭子音が、山口（文献137）の言うように有声両唇破裂音（b）であったならば、「干よ」の語頭子音（当時、無声両唇摩擦音）とは異なるということになる。それにもかかわらず「びよ」と「干よ」の重ね合わせと考えるのは無理ではないか、という見方がなされ得るであろう。

　しかし、平安時代の中央方言において、「び」の子音と「ひ」の子音は調音点が同一（両唇）である。また、これら二つの子音は、調音法が異なるように見えるが（破裂と摩擦）、いずれも「軟らか音」だという点で共通していたと考えられる（服部［文献105：274-275］を参照）。声帯振動の有無に関しても、「ひ」の子音は無声とはいえ、「軟らか音」であるならば有声に近い音で発音されることも十分あり得たであろう。

以上のようなことから、平安時代において「び」の子音と「ひ」の子音は互いに相当近い音であったと言える。両子音の違いは、犬の鳴き声「びよ」と「ひよ（干よ）」との重ね合わせを想定する支障とはならない。

なお、本章で問題にしている「ひよ」の例のように動物の声に別の言葉が重ね合わせられている例として、先に第2節で挙げた、『源氏物語』の「ねうねう、といとらうたげになければ」（猫の鳴き声と「寝む寝む」の重ね合わせ）のほかに、次の例が知られている。

題しらず　　　　　　　　　　　　　　　　　　　　　　　読人しらず

むめの花みにこそきつれ　鶯のひとくひとくといとひしもをる

（『古今和歌集』誹諧歌、一〇一一番）

「ひとくひとく」は、鶯の鳴き声と「人来人来」を重ね合わせたものである（亀井［文献48］を参照）。

3・3　問題の箇所以外の重層表現

『大鏡』における重層表現として指摘されているのは、歴史語りの語り手・聞き手として登場する「大宅世次」「夏山重木」という人物の名前である。

おのれ（竹林注：重木）は、故太政のおとど貞信公、蔵人の少将と申しし折の小舎人童（こどねりわらは）、大犬丸ぞかし、ぬしは、その御時の母后の宮の御方の召使、高名の大宅世次とぞ言ひはべりしかしな、されば、ぬしの御年は、おのれにはこよなくまさりたまへらむかし、みづからが小童（こわらは）にてありし時、ぬしは二十五六ばかりの男（をのこ）にてこそはいませしか、と言ふめれば、世次、しかしか、さはべりしことなり、さてもぬしの御名はいかにぞや、と言ふめれば、太政大臣殿にて元服つかまつりし時、きむちが姓（さう）はなにぞ、と仰せられしかば、夏山となむ申す、と申ししを、やがて重木となむつけさせたまへりし、など言ふに、いとあさましうなりぬ　（橘・加藤［文献91：14-15］）

「大宅世次」「夏山重木」という名前について、諸注釈書は次のように指摘している。

「大宅世次」について

大宅は公、世次（世継）は世々を次々（継々）に語ること。従って大宅世次は朝廷の系譜を骨子として宮廷貴族の歴史を物語る翁の意味で命名されたものであろう。

大宅という氏は実在するが、ここでは、公（朝廷）の意で、「公の代々の歴史」の意味をこめている。（橘［文献90：34］）

（松村［文献125：438］）

「大宅」は公で、天皇・皇室もしくは朝廷をさし、「世次」は世代継承で系譜の義

（石川［文献14：14］）

「大宅」姓は実在したものだが、ここは「公おほやけ」（朝廷）を表し、「世次（継）」の名とともに「公の代々の歴史」の意味をこめた。（橘・加藤［文献91：15］）

「夏山重木」について

「しげき」（繁樹の意）の名は、姓である「夏山」の縁語的命名で、藤原氏の繁栄を意味する。（橘・加藤［文献91：15］）

なお、「重木」という名について「藤原氏の繁栄を意味する」ものと見る橘・加藤（文献91：15）のような見解は、松村（文献125）・橘（文献90）・石川（文献14）にはない（「重木／繁樹」を、「夏山」の縁語的命名、苗字からの連想で付けられた名と見るのみ）。『大鏡』は、本章で後に見る『平家物語』に比べると、重層表現の例が（特に散文では）格段に少ない（ほとんど見られないと言ってもよい）。しかし、以下のような表現は、（注釈書などでは指摘されていないが）重層表現と見る余地があるように思われる。

この殿（竹林注：藤原兼通）には、後夜に召す卯酒（ばうしゅ）の御肴には、ただ今殺したる雉をぞまゐらせける、持てまゐりあふべきならねば、宵よりぞまうけておかれける、業遠（なりとほ）のぬしのまだ六位にて、はじめてまゐれる夜、御沓櫃（くつびつ）のもとに居られたりければ、櫃のうちに、もののほとほとしけるがあやしさに、暗まぎれなれば、やをら細めに開けて見たまひければ、雉の雄鳥かがまりをるものか、人のいふことはまことなりけりと、あさましうて、人の寝にける折に、やをら取り出だして、懐にさし入れて、冷泉院の山に放ちたりしかば、ほろほろと飛びてこそ去にしか、し得たりし心地は、いみじかりしものかな、それにこそ、我は幸人（さいはひびと）なりけりとはおぼえしか、となむ、語られける、殺生は殿ばらの皆せさせたまふことなれど、これはむげの無益（むやく）のことなり

（橘・加藤［文献91：209-210］）

右の「ほろほろ」について、注釈書は「雉の鳴き声」（橘・加藤［文献91：210］）としてのみ捉える。

しかし、雉の鳴き声「ほろほろ」と、涙を流すさまを表す「ほろほろ」（例…「ほろほろとうち泣きて出でぬ」『蜻蛉日記』、「ほろほろと泣かせたまひけるこそ、あはれにはべれ」『大鏡』）を重ね合わせていると見ることもできるのではなかろうか。このように見るとすると、「ほろほろ

と飛びてこそ去にしか」は、「ほろほろと嬉し涙を流し、ほろほろと鳴いて飛んでいった」という表現になる。

あやしきことは、源宰相頼定の君の（典侍である綏子［すいし］のもとに）通ひたまふと、世に聞こえて、里に出でたまひにきかし、ただならずおはすとさへ、三条院聞かせたまひて、この入道殿（竹林注：綏子の異母兄弟である道長）に、さることのあるは、まことにやあらむ、と仰せられければ、まかりて見てまゐりはべらむ、とて、おはしましたりければ、例ならずあやしく思して、几帳引き寄せさせたまひけるを、押しやらせたまへれば、もとはなやかなるかたちに、いみじう化粧じたまへれば、つねよりもうつくしう見えたまふ、春宮にまゐりたりつるに、しかじか仰せられつれば、見たてまつりにまゐりつるなり、そらごとにもおはせむに、しか聞こし召されたまはむが、いと不便なれば、とて、御胸をひきあけさせたまひて、乳をひねりたまへりければ、御顔にさとはしりかかるものか、ともかくものたまはせで、やがて立たせたまひぬ、東宮にまゐりたまひて、まことにさぶらひけり、とて、したまひつる有様を啓せさせたまへれば、さすがに、もと心ぐるしう思し召しならはせたまへる御仲なればにや、いとほしげにこそ思し召したりけれ（橘・加藤［文献91：245-246］）

「御顔にさとはしりかかるものか」の「さ」は、従来、乳がはしりかかるさまを表す音象徴語としてのみ見られてきた（橘・加藤［文献91：245］は、「なんとまあ、お顔に、乳がさっとほとばしりかかってきたではありませんか」と現代語訳している。他の注釈書も同様）。

しかし、この「さ」に指示語の「さ」（然）が重ねられていると考えることはできないだろうか。仮にこのように考えると、当該表現は、「お顔に乳がさっと、そうであると示して（即ち、噂が事実であると示して）はしりかかる」という意を表していることになる。

法成寺の五大堂供養は、師走にははべらずやな、きはめて寒かりし頃、百僧なりしかば、御堂の北の廂にこそは、題名僧の座はせられたりしか、その料にその御堂の廂はいれられたるなり、わざとの僧膳はせさせたまはで、湯漬ばかりたまふ、行事二人に、五十人づつ分かたせたまひて、僧座せられたる御堂の南面に、鼎を立てて、湯をたぎらかしつつ、御膳（おもの）を入れて、いみじう熱くてまゐらせ渡したるを、思ふにぬるくこそはあらめと、僧たち思ひて、さぶさぶとまゐりたるに、はしたなききはに熱かりければ、北風はいとつめたきに、さばかりにはあらで、いとよくまゐりたる御房たちもいまさうじけり、後に、北向きの座にて、いかに寒かりけむ、など、殿の問はせたまひければ、しかしかさぶらひしかば、こよなく暖まりて、寒さも忘れはべりにき、と申されければ、行事たちをいとよしと思し召され

たりけり　（橘・加藤［文献91：400-401］）

この話は、本章で考察した清範律師の逸話に続いて出てくる話である。「さぶさぶとまゐりたるに」の「さぶさぶ」は、「湯漬を流し込む擬声語」（橘・加藤［文献91：400］）としてのみ見られている。

しかし、この箇所においても、音象徴語（小松［文献60］の用語を使えば「活写語」）としての「さぶさぶ」に「寒（さむ）寒（さむ）」が重ねられている可能性はないだろうか。「さぶさぶ」と「さむさむ」とでは、「ぶ」の子音と「む」の子音が異なるが、異なると言っても互いにかなり近い音である（いずれも有声両唇音）。「さぶ」（寒）、「さぶい」（寒い）という語形の存在も、「ぶ」と「む」の音の近さを示している。「さぶさぶ」が重層表現だとすると、「さぶさぶとまゐりたるに」は、僧たちが、寒い寒いと、寒さにふるえながら、湯漬を掻き込む様子を活き活きと描いた表現だということになる。

上に挙げた、「ほろほろと飛びてこそ去にしか」の「ほろほろ」、「御顔にさとはしりかかるものか」の「さ」、「さぶさぶとまゐりたるに」の「さぶさぶ」は、重層表現として捉えなければ本文を読む上で支障をきたすというものではない。しかし、重層表現として見る余地はあり、また、そう見れば表現性がより豊かになる。

4 『平家物語』における重層表現

4・1 問題の所在

次の箇所は、『平家物語』で平清盛が死去する場面である。

同じき廿七日、前右大将宗盛卿、源氏追討の為に東国へ既に門出ときこえしが、入道相国（竹林注：平清盛）違例の御心地とてとどまり給ひぬ、明くる廿八日より、重病をうけ給へりとて、京中、六波羅、すは、しつる事を、とぞささやきける、入道相国、やまひつき給ひし日よりして、水をだに喉へも入れ給はず、身の内のあつき事、火をたくが如し、ふし給へる所四五間が内へ入る者は、あつさたへがたし、ただ宣ふ事とては、あたあた、とばかりなり、すこしもただ事とはみえざりけり

（巻第6「入道死去」。本文は市古［文献18：448］に拠るが、読みやすい形に適宜改めた）

『平家物語』の注釈書では、右の傍線部「あたあた」の注として次のように記している。

熱い熱いというような意味であろう。（高木・小澤・渥美・金田一［文献80：407］）

高熱の苦しさに発する語。熱い熱いの意。（冨倉［文献95：212］）

熱などで苦しい時に発する語。「あいた（痛）あいた」の転か。「あつあつ」の転とも。（市古［文献17：449、文献18：448］）

「熱い熱い」の訛。（梶原・山下［文献44：344］）

「熱い熱いというような意味であろう」「「あいた（痛）あいた」の転か。「あつあつ」の転とも」「「熱い熱い」の訛」のように書かれているのは、「あたあた」が珍しい語形だからである。

国語辞典・古語辞典において、「あたあた」は次のように記述されている。

『日本国語大辞典　第1巻』（第1版［1972年］、第2版［2000年］、小学館）：
（「あつぁつ」の変化したものか）熱さにたえかねて発する言葉。あついあつい。

『角川古語大辞典　第1巻』（1982年、角川書店）：
未詳。あつあつの意か。

『古語大辞典』（1983年、小学館）：
《「あつあつ」の転》熱さに苦しむときの悲鳴。熱い、熱い。

『岩波古語辞典　補訂版』（1990年、岩波書店）：
《アタはアツシ（熱）の語幹アツと同根か》熱に苦しんで発する声。

上の諸辞典でも、「「あつあつ」の変化したものか」「未詳。あつあつの意か」「アタはアツシ（熱）の語幹アツと同根か」のように記されている。諸辞典が「あたあた」の用例として共通に挙げているのは、本章で問題にしている『平家物語』「入道死去」の例である。『日本国語大辞典』『古語大辞典』は、「入道死去」の例に加えて、次に掲げる、近松門左衛門の浄瑠璃「平家女護島」の例を挙げている（この例も、清盛死去の場面におけるものである）。

過ぎつる厳島の御下向より夜昼に四、五度づゝ。たゞ身が焼けるあたあたとばかり御意なされ。お熱の差す折からは辺り四、五間の熱さ熱さ。真夏の土用に百、二百のお釜を。一度に焼（た）くやうなと思はんせ

（第4「清盛館の場」。本文は阪口［文献71：534］に拠る）

「あたあた」は、『平家物語』において「入道死去」の1例しか見当たらない。その1例に関しても、「あつやあつや（アツヤアツヤ）」（百二十句本［仮名本］・南都本など）、「痛々」（熱田本。「痛」の右横に小さく「ア」と付す）となっている伝本もある。(8) また、「平家女護島」の例は、『平家物語』「入道死去」の「あたあた」の影響によるものであろう。

それでは、「入道死去」の場面で、「あたあた」という、いわば「謎の語形」が用いられているのは、なぜであろうか。

4・2 「あたあた」の重層表現性

筆者の結論を言えば、「あたあた」は、《熱い、熱い》の意の「あた、あた」と「仇（あた）、仇（あた）」の重層表現であると見られる。(9)「《熱い、熱い》の意の「あた、あた」」といっても、《熱い》という意味を表す「あた」という語形が存在したということではなく、先

行文脈（「身の内のあつき事、火をたくが如し、ふし給へる所四五間が内へ入る者は、あつさたへがたし」）の支えもあって、「あた（ata）」という語形が「熱（atu）」と結び付けられ得た（《熱い》の意を表すものとして機能した）、ということである。

清盛の敵は多かった。それらの敵（「あた」）が重い病の床にある清盛に現れて、灼熱地獄の中で清盛を苦しめている、というのが、上の「あたあた」という表現である（勿論、「敵が清盛に現れて」と言っても、清盛の内的世界における出来事である）。なお、浄瑠璃「平家女護島」

（8）高野本・延慶本・屋代本・長門本は「あたあた（アタアタ）」である。平松家本・鎌倉本・竹柏園本・百二十句本（斯道文庫蔵本）なども同様である。また、『源平盛衰記』（第26巻）でも「あたあた（アタアタ）」となっている。なお、屋代本では、「アタアタ」の「タ」に濁点が付されている（『屋代本　平家物語』［國學院大學蔵版、角川書店、1973年］p・456）。濁点を付した人物は「アタアタ」を「仇、仇」と解していることになる（なお、「あた」［仇］の第2モーラが「あだ」と有声化したのは近世に入ってからであると考えられている）。

（9）《仇・敵》の意の「あた」は、次のように『平家物語』でも用いられている（近藤・武山・近藤［文献66］を見ると、《恨み》を表す「あた」と合わせて10例ある）。

或る時天下に兵乱おこッて、烽火をあげたりければ、后これを見給ひて、あなふしぎ、火もあれ程おほかりけるな、とて、其の時初めてわらひ給へり、この后、一たびゑめば、百の媚ありけり、幽王うれしき事にして、其の事となう、常に烽火をあげ給ふ、諸侯来たるにあたなし、あたなければ則ちさんぬ、かやうにする事度々に及べば、参る者もなかりけり

（巻第2「烽火之沙汰」。市古［文献18：142］）

の清盛死去の場面では、清盛の敵が次々と清盛の前に現れるという話になっている。(10)

清盛が如何に多くの者から大きな恨みを買っていたか、また、清盛が如何に敵対者を意識していたか、ということが、清盛死去の場面で「あたあた」という表現により示されている。

人々が清盛に対して抱いていた反感のほどは、「重病をうけ給へりとて、京中、六波羅、すは、しつる事を、とぞささやきける」という箇所にも見てとれる。また、清盛が敵対者を強く意識していたことは、死去二日前の、次の場面によく現れている。

同じき閏二月二日、二位殿（竹林注：清盛の妻、時子）あつうたへがたけれども、御枕の上によッて、泣く泣く宣ひけるは、御有様み奉るに、日にそへてたのみずくなうこそみえさせ給へ、此世におぼしめしおく事あらば、すこしもののおぼえさせ給ふ時、仰せおけ、とぞ宣ひける、入道相国、さしも日ごろはゆゆしげにおはせしかども、まことに苦しげにて、いきの下に宣ひけるは、われ保元、平治よりこのかた、度々の朝敵をたひらげ、勧賞身にあまり、かたじけなくも帝祖、太政大臣にいたり、栄花子孫に及ぶ、今生の望一事ものこる処なし、ただし思ひおく事とては、伊豆国の流人、前兵衛佐頼朝が頸を見ざりつるこそやすからね、われいかにもなりなん後は、堂塔をもたて孝養をもすべからず、やがて打手をつかはし、頼朝が首を

（10）「平家女護島」の当該箇所の一部を次に引用する。

信濃倉人、大宮司公通つゝ立ち上がり。知らずや、我こそ東屋、千鳥二人が亡魂。情けなや、清盛に命を取られし恨みの魂魄。憂き目を見せんと思ひしに、教経が弓勢。仮に姿を変化して、謀つてかく退けたり。今こそ思ひ知らせんと二人の姿消ゆるとひとしく。瞋恚無明の二つの炎。ひらめき、轟き、入道の。臥し所に飛ンで入るよと見えし。……障子蹴破り、大政入道。なう熱や、情けなや、五臓六腑を焼き焦す。ヤレ骨を焼くわ、身を燃やすわ、耐へがたや、あら熱やと。天を摑み、地を摑み。苦しや、助けよと吐く息も猛火と。なつて、かへつて身をこそ焼きにける。……眼に物や見えつらん。枕の小太刀押つ取り、虚空をにらみ、大音上げ。珍しや頼朝。……おのれは牛若小冠者めな。……この大首は何者。なんぢや奈良の大仏ぢや。ハゝハゝハゝハゝ事をかし事をかし。清盛に焼きつぶさるゝ身を持つてなんの恨み。なんの仇、帰れ帰れ。何帰るまいとはまた東屋か、逃さじと。ちらめく炎に打つてかゝれば後ろより。引き戻すは千鳥が亡執、……すはまた響く家鳴りにつれ、東屋、千鳥二人の姿。寛の上に顕れ出で。……父の憎しみ、身の敵。夫の罪障、身の炎。今こそ最期と言ふ声ばかり、姿は消えて燃え立つ炎。寛に入るよと見えつるが、流るゝ水の忽ちに。炎となりて落ちくる音。渦巻き上がる黒煙に御所中俄に闇となる。目前焦熱、大焦熱。火盆地獄の有様も、かくやとおぼえて凄まじし。入道叫んで、許せ許せ熱や熱や耐へがたや。苦しやのやれあたあたと身をもがき。……五体に炎をいたゞけば、百節の骨頭。爛々々燃え上がり。肉叢裂けて炭のごとく。一世の悪逆身に積り、年も積つて六十四。治承五年閏二月四日の日に。熱や熱やの焦がれ死に、生き火葬とはこれやらん。あはれはかなき最期なり。

（第4「清盛館の場」。本文は阪口［文献71・539-544］に拠る）

はねて、わが墓のまへにかくべし、それぞ孝養にてあらんずる、と宣ひけるこそ罪ふかけれ　（巻第6「入道死去」。市古［文献18：450-451］）

「あたあた」が、《熱い、熱い》の意の「あた、あた」と「仇《あた》、仇《あた》」とを重ね合わせるためにとられた語形であるとすれば、「あたあた」が「未詳」（『角川古語大辞典』）の語なのは当然のこととして了解される。諸注釈書・諸辞典の執筆者は、『平家物語』で「あたあた」という不思議な、変わった表現がなされている理由を、「入道死去」のテクストに即して考えるべきであった。

4・3　問題の箇所以外の重層表現

『平家物語』には、上で問題とした「入道死去」の場面における「あたあた」のほかにも、多くの重層表現が用いられている。韻文の重層表現と散文の重層表現を見てみよう。

次例は、梶原・山下（文献44）や市古（文献18）で指摘されている、韻文における重層表現の例である。

さてかの女房（竹林注：白河院が忠盛に与えた祇園女御）、院の御子をはらみ奉りしかば、うめらん子、女子《によし》ならば朕が子にせん、男子《なんし》ならば忠盛が子にして、弓矢とる身にしたてよ、と仰せけるに、すなはち男をうめり、此事奏聞せんとうかがひけれども、しかるべき便宜（びんぎ）もなかりけるに、ある時白河院、熊野へ御幸なりけるが、紀伊国いとが坂といふ所に、御輿かきすゑさせしばらく御休息ありけり、藪にぬか子のいくらもありけるを、忠盛袖にもりいれて御前へ参り、いもが子ははふ程にこそなりにけれ、と申したりければ、院やがて御心得あツて、ただもりとりてやしなひにせよ、とぞつけさせましましける、それよりしてこそ我子とはもてなしけれ、此若君あまりに夜泣をし給ひければ、院きこしめされて、一首の御詠をあそばしてくだされけり、

夜泣すとただもりたてよ末の代にきよくさかふることもこそあれ

さてこそ清盛とはなのられけれ

（巻第6「祇園女御」。本文は市古［文献18：462-463］に拠る。傍線、竹林）

「いもが子ははふ程にこそなりにけれ」は、院に対する忠盛の言葉であり、それへの院の答えが「ただもりとりてやしなひにせよ」であるが、各々、5・7・5（「いもが子は……」）、7・7（「ただもりとりて……」）という韻文的表現になっている。[11]「いもが子ははふ程にこそな

（11） この、忠盛と白河院のやりとりについて、市古（文献18：463）は次のように注記している。

『今物語』に小大進が八幡の別当光清と一緒になり子ができた後、「近き所にいものつる

のはひかかりて、ぬかごなどのなりたりけるを見て、光清、『はふ程にいもがぬかごはなりにけり』といひたりければ、程なく小大進、『今はもりもやとるべかるらん』とつけたりける」とある唱和を転用したものであろう。

りにけれ」は、「芋が子」（の蔓）が「這ふ」と「妹が子」が「這ふ」の重ね合わせである。また、「ただもりとりてやしなひにせよ」には、《ただ（ぬか子を）もぎ取って糧にせよ》の意の「ただ、もりとりて、やしなひにせよ」と《忠盛が引き取って育てよ》の意の「忠盛とりて、やしなひにせよ」が重ね合わせられている。

白河院の和歌「夜泣すとただもりたてよ……」においても、「ただもりたてよ」という表現に、「ただ守りたてよ」と「忠盛」の重ね合わせが見られる。

次例は、散文における重層表現の例である。

（尼になって訪ねてきた仏御前への祇王の言葉）誠にわごぜの是ほどに思ひ給ひけるとは、夢にだに知らず、うき世の中のさがなれば、身のうきとこそ思ふべきに、ともすればわごぜの事のみうらめしくて、往生の素懐をとげん事かなふべしともおぼえず
（巻第1「祇王」。本文は市古［文献18：48-49］に拠る。傍線、竹林）

上の「うき世の中のさがなれば」には、「性（さが）」と祇王の住む「嵯峨」が重ねられている（この重ね合わせも梶原・山下［文献44］や市古［文献18］で指摘されている）。

また、小松（文献62：256-260）は、「祇園精舎の鐘の声、諸行無常の響きあり」という『平家物語』冒頭の表現について、次のような鋭い見解を提示している。

あまりにも有名なこの一節の表現は、意外なことに、これまで適切に解析されていない。『平家物語』の注釈書には、「祇園精舎」がどういう寺院であり、仏教の「諸行無常」とはどういう概念であるかについて解説されているが、鐘の音響が、ここでは、オトでもネでもなく、コヱと表現されていることに注目していない。……『平家物語』の作者は、祇園精舎の鐘の音など聞いたはずはないのに、どうして「諸行無常」の響きがあると断言しているのであろうか。……どうして、「祇園精舎の鐘のコヱ」は「因果応報」や「万物流転」などではなく、「諸行無常」と響くのであろうか。それ以外の寺の鐘はオトやネが出るだけでコヱは出ないのであろうか。それとも、「諸行無常」以外のコヱとして響くのであろうか。そういう素朴な疑問に、注釈書はいっさい答えてくれない。……『平家物語』は、本来、琵琶法師が語ったものであるから、音韻史に関する基礎知識をもっていることが望ましい場合がある。「諸行無常」は、現代語の発音で読むとショギョームジョーであるが、歴史的仮名遣は「しょぎゃうむじゃう」である。おおまかにいえば、『平家物語』の時期の発音はショ・ギャウ・ム・ジャウに近かった。……「京」は日本語でふつうにkyangと発音されていたが、末尾の音が平安末期に鼻音から母音ウに変化してkya-uになった。その中間には、鼻にかかった母音の段階がある。その後、さらに変化して十六世紀末までに現在と同じ発音になった。「諸行無常」の「行」、「常」の末尾子音は、「京」と同じであったから、『平家物語』の成立した時期には、母音ウに変化しかけていた。したがって、「諸行無常」は、ショーギャン・ムージャン（ンの音は-ng）、あるいは、ショーギャウ・ムージャウ（ウの音は、鼻にかかった母音）と発音されていた。ショギョームジョーは鐘の音と結びつかないが、平安末期のショーギャン・ムージャン／ショーギャウ・ムージャウなら、末尾の鼻音だけでなく、その前の母音も共通しているから、-angの韻を踏んでおり、繰り返される鐘のオトの余韻を感じさせる。そのオトに耳を傾けながら、あれは仏のメッセージだ、あのコヱは「諸行無常」という仏の教えなのだ、と理解する。このように、『平家物語』の冒頭は、鐘のオトの聴覚イメージを動員しなければ心にしみこんでこない。コヱはコミュニケーションの手段であり、メッセージが含まれている。しかし、人間のことば以外のコヱは、人間のことばに翻訳しなければ、こめられたメッセージが理解できない。……深遠な真理を含む仏教用語はほかにいくらでもあったが、「鐘のコヱ」に託された仏のメッセージは、音響と音声との聴覚印象の類似からいって、ほとんど必然的に「諸行無常」でなければならなかった。平家一門のたどった運命は因果応報であったにしても、鐘のコヱがイングァオウハウなどと聞こえるはずはなかったからである。どこの寺院の鐘でも響きは同じであるから、祇園精舎という観念的な寺院にしておけば、近くの寺から聞こえてくる鐘の響きに耳を傾けて、確かに、これは「諸行無常」という仏のコヱだと納得できた。

「祇園精舎の鐘の声、諸行無常の響きあり」の「諸行無常」に鐘の音の聴覚イメージと仏のメッセージが重ねられることにより、表現が豊かになっている。

5　的確な表現解析のために

以上、『大鏡』と『平家物語』を対象として散文における重層表現について考察した。そして、『大鏡』の「ひよ（ぴよ）」が犬の声と「干よ」との重ね合わせであること、また、『平家物語』の「あたあた」が、《熱い、熱い》の意の「あた、あた」と「仇（あた）、仇（あた）」との重ね合わせであることを述べた。

上の考察から、的確な表現解析を行うための方法・ポイントとして次の諸点が挙げられるであろう。

a　表現を一つの枠のみで処理しない複眼的な見方

b　表現をコンテクストの中で捉える観点
c　徹底的に「なぜ」と問う姿勢

「ひよ（びよ）」「あたあた」は、確かに擬声語（ないし、それに類するもの）であるが、各々「干よ」「仇、仇」を重ね合わせたものなのであった。「ひよ（びよ）」「あたあた」を擬声語という一つの枠でのみ捉えたのでは、『大鏡』『平家物語』における「ひよ（びよ）」「あたあた」の表現内容を十分に汲み取ることはできない（上記a）。

また、「ひよ（びよ）」「あたあた」という表現のあり方は、これらの置かれているコンテクストをしっかりと押さえてこそ見えてくるのであった。一般に言語形式はコンテクストの中で意味が伝達・理解されるのであり（本書「序論」3・2節を参照）、文学作品の表現もその例外ではない（上記b）。

そして、上記cについてであるが、「ただ今や、過去聖霊は蓮台の上にてひよ（びよ）と吠えたまふらむ」という清範律師の発話が非常に高い評価を与えられているのはなぜか、「入道死去」の場面で「あたあた」という珍しい語形が用いられているのはなぜか、ということを突き詰めて考えずに、「法事の席で、剽軽に犬の声などをまねて話した機知がうけたのでしょう」と言って済ませたり、「「熱い熱い」の訛」などと片づけたりしたのでは、事の本質に近づくことはできない。徹底的に「なぜ」と問う姿勢が表現の的確な把握への道を開く

（竹林［文献87：197-198］）。

的確な表現解析のための方法・ポイントは上のa～cのみではないが（本書「序論」を参照）、ここでは本章の考察との関連で三点を挙げた。

6　おわりに

本章では、『大鏡』の「ひよ（びよ）と吠えたまふらむ」という箇所と、『平家物語』の「ただ宣ふ事とては、あたあた、とばかりなり」という箇所について表現解析を行なった。

従来、『大鏡』の「ひよ（びよ）」は、単に犬の声の模写として捉えられてきた。しかし、本章では、当該箇所の置かれたコンテクストを見ることにより、「ひよ（びよ）」の部分が犬の声と「（涙）干よ」の重ね合わせになっていることを明らかにした。

また、『平家物語』の「あたあた」は、《熱い、熱い》の意の「あた、あた」と「仇（あた）、仇（あた）」の重層表現であり、「あたあた」が珍しい語形であることも、この重ね合わせのためであることを述べた。

そして、本章では、上のような重層表現についての考察から、的確な表現解析を行うための方法・ポイントとして次の諸点を挙げた。

a　表現を一つの枠のみで処理しない複眼的な見方

b　表現をコンテクストの中で捉える観点
c　徹底的に「なぜ」と問う姿勢
次章では、「猫また」の話としてよく知られている『徒然草』第八九段の表現について考察する。

第4章　『徒然草』第八九段「音に聞きし猫また」の表現解析

1　はじめに

『徒然草』を対象として本格的な表現解析を行なっている小松（文献55）は次のように述べている。

「古典」の入門教材として『徒然草』からの抜粋は必ず使われていますから、たいてい、早い段階で接しているはずですが、その内容がいちおうは理解できたと記憶している読者が多いでしょう。『徒然草』は読みやすい古典の代表であるとか、数ある古典のなかでいちばんやさしい作品だとか、そういう常識が確立されているために、本格的な解釈作業の対象としてこの作品を持ち出したのでは、いまさら、という感じがするかもしれません。しかし、『徒然草』の文章がわかりやすかったのは、問題点を素どおりして――ということは、表現の奥にひそむおもしろさを味わうことなしに――うわべだけを、わかりやすく、そして、ここはこうだと断定的に教えられたからではないでしょうか。自発的に感心したのではなく、鑑賞という名目のもとに、どの部分についてどのように感心すべきかまでも押しつけられた場合が多いはずです。……この作品を読みなおしてみれば、力量のある読者ほど、用語や表現のレヴェルで理解できない事柄が続出するに相違ありません。注釈書を見ても納得できる説明がなされていなかったり、その問題が取り上げられていなかったり、という場合が少なくないはずです。(pp・28-29)

本章で考察対象とする第八九段(「猫また」の話)における「音に聞きし猫また」という表現も、「注釈書を見ても納得できる説明がなされていなかったり、その問題が取り上げられていなかったり、という場合」の一つである。

本章では、『徒然草』第八九段における複語尾「き」「けり」[1]の用法を、書き手・読み手の視点と関連させて分析する。そうすることによって、「音に聞きし猫また」という箇所で筆者兼好が意図したと考えられる表現効果を本文に即して正確に読み取ることを目的とする。[2]

以下、まず、問題の所在を確認する(第2節)。次いで、①複語尾「き」「けり」の意味・用法、②書き手・読み手の視点のあり方、③表現効果、の三者を相互に関連させつつ、『徒然草』第八九段の山場にあたる箇所の表現を解析する(第3節)。

2　問題の所在

『徒然草』第八九段は「猫また」の話として有名な章段であるが、従来、この章段における「き」「けり」の使われ方に十分な注意が払われることはなかったようである。しかし、そこには興味深い問題がある。

下に第八九段の全文を掲げる（本章で引用する『徒然草』の本文は、烏丸光広本を底本とする永積

（1）「複語尾」とは山田文法の用語で、いわゆる「助動詞」のことである（ただし、連体形接続の助動詞「なり」「ごとし」などは複語尾ではない）。

吾人が之を再度の語尾又は複語尾と称するは用言其の者の本源的語尾ありてそれぞれ陳述の用をなせるに、なほ一層複雑なる意義をあらはさむが為に其の本源的語尾に更に附属する一種の語尾なればかくの如く称したり。（山田［文献141：364］）

筆者（竹林）が山田文法にならって古代語助動詞（の多く）を「複語尾」と呼ぶのは、「き」「けり」といった言語形式を動詞の二次的な語尾（＝複語尾）とすることで、その言語形式（「き」「けり」など）が、動詞の活用形によって表される意味（「き」「けり」の場合であれば、連用形によって表される「既実現性」）を更に具体的に（二次的に）補足するものであるという点が適切に捉えられるからである（詳しくは、竹林［文献85：第Ⅰ部3章］で述べた）。なお、現代語の助動詞は活用形で表される意味を更に具体的に表現するという働きを持たないので、山田（文献142）等が現代語助動詞についても「複語尾」と呼んでいるのは適切でないと考えられる（竹林［文献85：第Ⅰ部3章］を参照）。

（2）本章は、竹林（文献82）の内容を基に加筆したものである。

［文献97］に拠る。「き」「けり」に網掛けを施した）。

奥山に猫またといふものありて、人を食らふなる、と人の言ひけるに、山ならねども、これらにも猫の経あがりて、猫またに成りて、人とる事はあなるものを、と言ふ者ありけるを、何阿弥陀仏とかや、連歌しける法師の、行願寺の辺にありけるが聞きて、ひとり歩かん身は心すべきことにこそ、と思ひける頃しも、ある所にて夜ふくるまで連歌して、ただひとり帰りけるに、小川（こがは）のはたにて、音に聞きし猫また、あやまたず足許へふと寄り来て、やがてかきつくままに、頸のほどを食はんとす、肝心も失せて、防がんとするに、力もなく足も立たず、小川へ転び入りて、助けよや、猫またよや〳〵、と叫べば、家々より、松どもともして、走り寄りて見れば、このわたりに見知れる僧なり、こはいかに、とて、川の中より抱き起こしたれば、連歌の賭物取りて、扇、小箱など懐に持ちたりけるも、水に入りぬ、希有にして助かりたるさまにて、はふはふ家に入りにけり、飼ひける犬の、暗けれど主を知りて、飛び付きたりけるとぞ

上の本文を見ると、話が「けり」で語られている中（計10例）、「音に聞きし猫また」と、一箇所のみ「き」が使用されている（第八九段における「けり」「き」の使用に関しては、正徹本も烏丸光広本と同じである）。

では、この「音に聞きし猫また」という箇所に「けり」ではなく「き」が用いられているのは、なぜであろうか。「音に聞きける猫また」ではなく「音に聞きし猫また」と表現されるべき理由・必然性は、どこにあるのだろうか。

この点に説明を与えてはじめて、『徒然草』第八九段の山場における、生き生きとした、緊張感のある表現が理解できると考える。そうした理解が可能となるためには、①複語尾「き」「けり」の意味・用法、②書き手・読み手の視点のあり方、③表現効果、の三者を互いに関連させて考察する必要がある。

田辺（文献93：210）は次のように言う。

「し」は過去の助動詞「き」の連体形、十個の「けり」の外に、ただ一つだけ混っているが、誤りと見るべきでなく、法師から見て、確認を示す用い方と考えるのがよい。もちろん、「聞きける」と改めれば、統一はつくが、このままでよい。

本章では、『徒然草』第八九段における「き」の使用について、右の田辺（文献93）の見方よりも積極的に捉え、表現効果と結びつけたい。

（3） この箇所を注釈書の多くは「猫またよやよや」とするが（木藤［文献51］、田辺［文献93］、永積［文献97］、等）、「猫またよや猫またよや」と読むのが妥当であると考えられる（酒井［文献68］を参照）。

3　複語尾「き」「けり」・視点・表現効果の相関

3・1　『徒然草』における「き」「けり」

『徒然草』で用いられている「き」「けり」については、漢文訓読体の語法の影響によるような特別な場合を除いて、「き」は「直接体験の過去」、「けり」は「間接体験の過去」を表すと考えられている（白石［文献77］、堀田［文献114］、鈴木［文献78：235-239］を参照。ただし、「気づき」の「けり」と呼ばれる用法は別である(4)）。

次例を見られたい。

後徳大寺大臣の、寝殿に鳶ゐさせじとて縄をはられたりけるを、西行が見て、鳶のゐたらんは、何かはくるしかるべき、此の殿の御心、さばかりにこそ、とて、そののちは参らざりけると聞き侍るに、綾小路宮のおはします小坂殿の棟に、いつぞや縄をひかれたりしかば、かのためし思ひいでられ侍りしに、誠や、鳥のむれゐて池の蛙をとりければ、御覧じ悲しませ給ひてなん、と人の語りしこそ、さてはいみじくこそと覚えしか、徳大寺にもいかなる故か侍りけん（第一〇段）

後徳大寺大臣と西行のことは、「と聞き侍るに」とあるように兼好が人づてに聞いた話であり、「縄をはられたりける」「参らざりける」と「けり」が用いられている。これに対して、小坂殿の棟に関して兼好が体験したことは、「いつぞや縄をひかれたりしかば」「かのためし思ひいでられ侍りしに」「と人の語りしこそ」「さてはいみじくこそと覚えしか」と「き」で語られている。「鳥のむれゐて池の蛙をとりければ」と「けり」が使われているのは、「誠や、鳥のむれゐて池の蛙をとりければ、御覧じ悲しませ給ひてなん」と語った人や兼好の体験ではないからであろう。

なお、細谷（文献113：98）は次のように述べている。

第一〇段・第六六段・第一六三段・第一七七段・第二一六段などで、「き」と「けり」が使い分けられていること、第一〇段でいえば、「鳶ゐさせじとて縄を張られた、例の事件を叙した箇所で、後徳大寺と西行に関しては「けり」で叙し、綾小路宮に関しては「き」で叙していることが、兼好の生存年代と矛盾しないことから、徒然草では、兼好は自分の体験は「き」で回想し、間接の体験は「けり」で回想しているものと考えられ、「き」叙述の章段は伝記資料として採用されることが多か

（4）『徒然草』における「き」「けり」の意味・用法と古代語（即ち、上代語・中古語）の「き」「けり」の意味・用法とは同じではない。古代語において、「き」は〈或る事態を、過去にあった事柄、過去の事実として表すのみの形式〉であり、「けり」は〈既実現事態を言表時において認識していることを表す形式〉である（竹林［文献85：83-84］を参照）。

った。しかし、第一一・第三二・第四一の諸段が、記事内容では、全段を虚構と言い切れるかどうかにはなお疑問も残ろうが、少くとも、虚構の部分をまじえて、事実をゆがめていることは明らかなのに、叙述は兼好自身の直接体験のかたちで、「き」で全段を押し通していることは、「き」で叙述する素材内容が兼好の直接体験であることを示すものではなく、その叙述が単に直接体験のかたちでなされているということを示すだけのものであることを教えてくれる。「き」叙述の記事は立て前として直接体験のかたちを取っているだけのことであって、叙述された内容が直接体験であるとは限らない。同様、「けり」叙述の記事は立て前として間接体験のかたちを取っているだけで、内容はもしかしたら直接体験のことであるかも知れない。「き」叙述の章段の記事内容を兼好の伝記資料に使う場合には、今後、十分に慎重でなければなるまい。

「「き」叙述の記事は立て前として直接体験のかたちを取っているだけのことであって、叙述された内容が直接体験であるとは限らない。同様、「けり」叙述の記事は立て前として間接体験のかたちを取っているだけで、内容はもしかしたら直接体験のことであるかも知れない」ということは押さえておくべきポイントである。

次に、第一七七段と第二一六段における「き」「けり」の使い分けについて見てみる。

鎌倉中書王にて、御鞠ありけるに、雨降りて後、いまだ庭の乾かざりければ、いかがせんと沙汰ありけるに、佐々木隠岐入道、鋸の屑を車に積みて、多く奉りたりければ、一庭に敷かれて、泥土のわづらひなかりけり、とりためけん用意ありがたし、と人感じあへりけり、この事をある者の語り出でたりしに、吉田中納言の、乾き砂子の用意やはなかりける、とのたまひたりしかば、はづかしかりき、いみじとおもひける鋸の屑、賤しく、異様の事なり、庭の儀を奉行する人、乾き砂子を設くるは、故実なりとぞ（第一七七段）

「鎌倉中書王」における蹴鞠の話は、「ある者」の語ったことであり、「けり」が使用されている。これに対して、「ある者」「吉田中納言」の発話行為（「語り出でたりしに」「のたまひたりしかば」）と兼好の「はづかし」という感情に関しては、兼好が体験したこととして「き」を用いている。「乾き砂子の用意やはなかりける」と「けり」が使われているのは、「乾き砂子の用意」の有無が吉田中納言や兼好の体験した事柄ではないからである。また、「いみじとおもひける鋸の屑」の「けり」は、「いみじとおもひける」の主部（subject）が、「とりためけん用意ありがたし」と感心した人々であることを示している。

最明寺入道、鶴岡の社参のついでに、足利左馬入道の許へ、先づ使を遣して、立ち入られたりけるに、あるじまうけられたりける様、一献にうち鮑、二献にえび、三献にかいもちひにてやみぬ、その座には亭主夫婦、隆弁僧正、あるじ方の人にて座せられけり、さて、年毎に給はる足利の染物、心もとなく候、と申されければ、用意し候、とて、色々の染物三十、前にて女房どもに小袖に調ぜさせて、後につかはされけり、その時見たる人の、近くまで侍りしが、語り侍りしなり（第二一六段）

最明寺入道と足利左馬入道の話は、「その時見たる人」が語ったことであり、兼好の体験ではない。そのため、「き」ではなく「けり」が用いられている。一方、「その時見たる人」が最近まで生きていたこと（「近くまで侍りしが」）と、その人の発話行為（「語り侍りしなり」）は、兼好の体験内のこととして「き」で語っている。

次に掲げる第五二段では、「仁和寺にある法師」が語った内容の部分には（「尊くこそおはしけれ」という、いわゆる「気づき」の「けり」を除いて）「き」が用いられ、それ以外の部分には「けり」が使われている。[5]

仁和寺にある法師、年よるまで、石清水を拝まざりければ、心うく覚えて、ある時思ひ立ちて、ただひとりかちより詣でけり、極楽寺、高良などを拝みて、かばかりと心得て帰りにけり、さて、かたへの人にあひて、年ごろ思ひつること、果し侍りぬ、聞きしにも過ぎて、尊くこそおはしけれ、そも参りたる人ごとに山へのぼりしは、何事かありけん、ゆかしかりしかど、神へ参るこそ本意なれと思ひて、山まで

は見ず、とぞ言ひける、少しのことにも、先達はあらまほしき事なり

「き」が付いている「聞く」「参りたる人ごとに山へのぼる」「ゆかし」という事柄は、いずれも、言表者である法師自身が体験したことである。一方、他の部分で「けり」が使用されているのは、「仁和寺にある法師」の話を兼好が人づてに聞いたことを示していると言えよう。

3・2 「き」「けり」と視点

前節（3・1節）で述べた『徒然草』における「き」「けり」の意味・用法を言表者（話し手・書き手）の視点のあり方という観点から捉え直すと、どうなるであろうか。

---

(5) 言表者が体験したことであっても、「気づき」を表現する場合には「けり」が用いられることについては、次例も参照されたい。

神無月のころ、栗栖野といふ所を過ぎて、ある山里に尋ね入る事侍りしに、遙かなる苔の細道をふみわけて、心ぼそく住みなしたる庵あり、木の葉に埋もるる懸樋（かけひ）のしづくならでは、つゆおとなふ人もなし、閼伽棚（あかだな）に菊、紅葉など折り散らしたる、さすがに住む人のあればなるべし、かくてもあられけるよと、あはれに見るほどに、かなたの庭に、大きなる柑子の木の、枝もたわわになりたるがまはりをきびしく囲ひたりしこそ、少しことさめて、この木なからましかばと覚えしか（第一一段）

「き」においては、言表者の視線は事態に直接向けられていると言える。一方、「けり」においては、言表者の視線は何らかの媒介（人の話・伝承等）を通して事態に至る。言い換えれば、「き」は、言表者が事態を直接的に認識したことを示す形式であるのに対して、「けり」は、言表者が事態を何らかの媒介を通して認識したことを示す形式である、ということになる。

それでは、上のことを、『徒然草』第八九段の「音に聞きし猫また」という表現に適用すると、どうなるであろうか。

まず押さえておきたい事実は、『徒然草』第八九段の話は筆者兼好が人づてに聞いたものとして表現されているということである。このことは、「けり」の使用や第八九段の末尾「飛び付きたりけるとぞ」によって分かる。そうだとすれば、「音に聞きし猫また」に関して、猫またのことを噂で聞いたのは筆者兼好ではあり得ない。猫またのことを噂で聞いたのが「法師」[6]であることは、次の箇所からも明らかである。

> 奥山に猫またといふものありて、人を食らふなる、と人の言ひけるに、山ならねども、これらにも猫の経あがりて、猫またに成りて、人とる事はあなるものを、と言ふ者ありけるを、何阿弥陀仏とかや、連歌しける法師の、行願寺の辺にありけるが聞きて、

これを言い換えれば、「音に聞きし猫また」の主部(subject)は「法師」であり、「き」の使用から、「音に聞きし猫また」という表現の言表者は兼好ではないことになる(兼好が言表者であれば「音に聞きける猫また」と表現される)。「音に聞きし猫また」という表現において「法師」が言表者の立場に置かれているのである。

右のように見てくると、「音に聞きし猫また」の箇所で、兼好から法師へという視点の位置(視座)の移動が行われていることに気づく。即ち、筆者兼好は、視座を自分自身から話の中心人物である法師に移すことによって、法師を言表者の立場に据え、法師の目から事態を描写している、ということである。このような表現技巧は、「体験話法」として、『源氏物語』などの平安朝文学その他に関して指摘されている(西尾[文献99]、吉岡[文献144]を参照)。

3・3　視座の移動と表現効果

それでは、上で述べたような視座の移動によって、いかなる表現効果を生み出しているのであろうか。

まず確認したいのは、読み手(或いは聞き手)は言表者の視点から事態を認識するということ

(6)「法師」という語の含意については小松(文献55:第5章、文献63:20-27)を参照されたい。

とである。したがって、『徒然草』第八九段を読むとき、読み手は初め、「けり」の視点、即ち筆者兼好の視点から話の内容に接していく。しかし、「音に聞きし猫また」の箇所で視座が兼好から法師に移されると、そのことによって読み手も法師の視点をとることになる。それまで、距離を置いて「けり」の視点から話の出来事を眺めていた読み手は、事態の内部に入り込んで法師の体験を共有することになるのである。こうした視座の移動によって生ずるのは、臨場感であり、また、噂で聞いたあの猫またに出くわしたという恐怖・緊張感である。

木藤（文献51：107）は、「音に聞きし猫また」の箇所に、次のような注を付けている。

以下、猫またの噂におびえていた、この法師の心理に即して表現している。

また、安良岡（文献135：383）は、次のように述べている。

「音に聞きし猫また」の叙述は、連歌師その人の怖れを十分に示すものであろう。

しかし、木藤（文献51）も安良岡（文献135）も、「音に聞きし猫また」と、「き」が用いられた意味（即ち、視座の移動）については触れていない。

「音に聞きし猫また」に続いて、センテンスが、「音に聞きし猫また、あやまたず足許へふと寄り来て、やがてかきつくままに、頸のほどを食はんとす」という「現在（言表時）の事態」を表す形で終止しているのも、上述のような臨場感・恐怖感・緊張感と呼応している。

「けり」を用いて「音に聞きける猫また」としたのでは、このような表現効果は生じない。兼好は、上のような表現効果を意図して、「音に聞きし猫また」と、「き」を使用したのであろう。その意図に即して本文を読まなければ、『徒然草』第八九段の表現の生命は失われてしまう。

本章第2節で引用したように、田辺（文献93：210）は次のように述べている。

「し」は過去の助動詞「き」の連体形、十個の「けり」の外に、ただ一つだけ混っているが、誤りと見るべきでなく、法師から見て、確認を示す用い方と考えるのがよい。もちろん、「聞きける」と改めれば、統一はつくが、このままでよい。

しかし、「このままでよい」というよりも、「けり」ではなく「き」が使用される必要・積極的理由があるのであった。

なお、白石（文献77）も、「音に聞きし猫また」という表現について、「「連歌しける法師」の経験をいったものである」（p・82）とし、下の庄野（文献76）の文章を引用した後、「「音に聞きし猫また」といわなければならないのである」（p・84）と述べている。ただし、なぜ「「音に聞きし猫また」といわなければならない」のかということについて、白石（文献77）は詳しく述べていない。

この坊さんのびっくり仰天した有様が、いきいきと写し出されている。兼好法師の描写力は、なかなかのものといわなくてはいけない。「音に聞きし猫また、あやまたず足許へふと寄り来て」というところなんか、いかにも暗闇から出たと思わせる。それが「頸のほどを食はんとす」るのだから、生きた心地はしなかっただろう。「たーすけてくれ。猫まただあ。おーいおーい」と呼んだのも無理からぬことだ。よくこういう時、声を立てようとしても、声が出ないというが、この坊さんは大声を立てただけ、まだしも上出来であったといえよう。せっかくその日の連歌でせしめた賞品の数々も、小川へ転げ込んだために、水につけてしまって台無しにしたのは、気の毒なことであったが、これですっかり懲りて、連歌の会に出かけるのもそれからは少し控えるようになった、とは書いていない。私は、徒然草の中でも滑稽味のある、こんな挿話が好きで、そういうのを読むと、作者の兼好という人に親しみを感じる。この遊び好きのくせして、臆病な坊さんは、愚かである。笑わずには居られない。だが、笑っている自分も、この坊さんと同じ身になれば、きっと同じことをやるだろう。

（庄野［文献76：472］）

4 おわりに

以上、本章では、複語尾「き」「けり」の意味・用法、書き手・読み手の視点のあり方、表現効果という三者を互いに関連させながら、「音に聞きし猫また」という箇所を中心に『徒然草』第八九段の表現について考察した。その結果は、次の三点にまとめられる。

① 「音に聞きし猫また」の箇所で、筆者兼好から法師へという視座（視点の位置）の移動が行われている。

② 右の①によって、法師が言表者の立場に置かれ、法師の目から事態が捉えられるようになり、読み手も法師の視点・体験を共有することになる。

③ これら①②によって、臨場感・恐怖感・緊張感という表現効果が生み出されている。

次章（最終章）では、松尾芭蕉が死の四日前に詠んだ病中吟「旅に病んで夢は枯れ野をかけめぐる」の表現を解析する。

第5章　松尾芭蕉の病中吟「旅に病んで…」の表現解析

1　はじめに

本章では、次に掲げる松尾芭蕉の俳句を対象として表現解析を行う[1]。

病中吟

旅に病んで夢は枯れ野をかけめぐる

この俳句は、次のような背景で詠まれたものである。

元禄七年（一六九四）十月八日、死の四日前の吟。芭蕉は、大坂の蕉門の人々に招かれての旅で発病し、ついに旅先で死を迎えた。この句は看病中の門人呑舟に書きとらせ、「病中吟」と前書きを置くように指示したもので、芭蕉最後の句であるが辞世の句ではない。重い病の床にありながら、なお「夢」をかけめぐらせるところに、つねに漂泊に身をおき、風雅の心（＝俳諧の精神）を求め続けた芭蕉の、執念の感じられる句である。

（『完訳用例古語辞典』pp・605-606）

支考の『笈日記』に次のようにある（本文は阿部・阿部・大礒［文献8：450］に拠る）[2]。

八日

之道、すみよしの四所に詣して、此度の延年をいのる、所願の句あり、しるさず、此夜深更におよびて、介抱に侍りける呑舟をめされて、硯の音のから〳〵と聞えければ、いかなる消息にやとおもふに、

病中吟

旅に病で夢は枯野をかけ廻る　翁

その後支考をめして、〜なをかけ廻る夢心といふ句づくりあり、いづれをかと申されしに、その五文字はいかに承り候半と申ば、いとむつかしき事に侍らんと思ひて、此句なにゝかおとり候半と答へける也、いかなる不思議の五文字か侍らん、今はほいなし、みづから申されけるは、はた生死の転変を前にをきながら、ほつ句すべきわざにもあらねど、よのつね此道を心に篭て、年もやゝ半百に過たれば、いね

（1）本章は、竹林（文献89）の内容を基にしている。

（2）芭蕉が問題の病中吟を詠んだ場面は、支考の『芭蕉翁追善之日記』や其角の「芭蕉翁終焉記」（『枯尾花』）、路通の『芭蕉翁行状記』にも記されている。芭蕉の終焉とその前後、また、『笈日記』をはじめ、ここに挙げた文献については、赤羽（文献3）・阿部（文献9）・今泉（文献20、21）・堀（文献115）・服部（文献109）を参照されたい。

ては朝雲暮烟の間をかけり、さめては山水野鳥の声におどろく、是を仏の妄執といましめ給へる、たゞちは今の身の上におぼえ侍る也、此後はたゞ生前の俳諧をわすれむとのみおもふはと、かへすがへすくやみ申されし也、さばかりの叟の辞世は、などなかりけると思ふ人も世にはあるべし

上の俳句は、芭蕉の最後の句としてよく知られている。しかし、この句の表現は、従来、適切に解析されていない面がある。また、助詞「は」（「夢は枯れ野を」）の機能・用法を的確に捉えていないため、あらぬ方向に論が展開されている場合もある。

本章では、上で見たような、「旅に病んで……」の句が作られた背景（コンテクスト）を押さえつつ、微視的観点から表現の細部を精確に把握し、当該句の豊かな内容を明らかにしたい。

以下、まず、先行研究を見、従来の分析の問題点を指摘する（第2節）。その後、次の三つの観点から「旅に病んで……」の句の表現を解析する（第3節）。

① 字余り（「旅に病んで」）の意味と効果
② 非逆接表現（「旅に病んで」）の意味[3]
③ 助詞「は」（「夢は枯れ野をかけめぐる」）の機能

2 先行研究と、その問題点

赤羽（文献5：40-41）は、問題の病中吟について次のように述べている。

芭蕉の病臥して絶対安静を強いられている実状を考慮して、この句の構造を再構築すれば、

旅に病んで［自分は］夢に枯野をかけ廻っている

となる。しかし、句の上では「自分」が消え、「夢」が「は」の格につく。この場合、「夢は」を主格として「かけ廻る」の主語と解するだけでこの表現の意図が了解されたと単純に考えることはできない。なぜならば、この句を純粋な格助詞「が」を用いて、

旅に病で夢が枯野をかけ廻る

とも言い替えることが可能であって、この「夢は」と「夢が」を比較することが、芭蕉の表現に重大な意義をもたらすと考えられるからである。大野晋氏は「ハとガの源流」（国語と国文学　昭和61年2月）において、それらの使い分けを

（3）「旅に病む」ということと「夢は枯れ野をかけめぐる」ということとは、一見、相反する関係にあるように見え、「旅に病めど」といった逆接表現になっていてもよさそうなのに、実際には「旅に病んで」という逆接でない表現がとられている。これは何故かというのが②の問題である。

ハ……既知を承ける。また既知と扱う。
ガ……未知を承ける。また未知と扱う。

と要約された。これは「は」と「が」の違いを最も簡明に表わしたものとして、一般に認められている。「は」が「既知を承ける。また既知と扱う。」ということの意味を換言すると、それは「既定、不可変、不自由」ということである。対する「未知を承ける。また未知と扱う。」ということの意味は「未定・可変・自由」ということである。「は」と「が」の用法の相違を、先に挙げた、

旅に病で夢は枯野をかけ廻る

と、

旅に病で夢が枯野をかけ廻る

の2句の相違にあてはめてみるとどうなるか。前の「夢は」は、病気のために行動を拘束された芭蕉の見たもので、いわば芭蕉の心と同体であった。芭蕉は「かけ廻る」の主語を自分とする代りに「夢は」としたのであって、他に代替することは不可能である。それに対し、「夢が」となると、それは偶然「かけ廻る」の主語とされただけで、別に、

旅に病で犬が枯野をかけ廻る

といった句にかえることもできる。こうした句も、病床から見た嘱目吟と見ればなかなか面白いが、しかし、島木赤彦のやはり病中吟、

我が家の犬はいづこにゆきぬらむ今宵も思ひいでて眠れる（柿蔭集）

と比較すれば、「犬が」では、作者の精神の投入が見られず、文意が通じない。

しかし、この赤羽（文献5）の見方には次のような問題点がある。

a　「は」「が」についての誤った見方（既知説・未知説）と、松下文法における「既定、不可変、不自由」「未定、可変、自由」の概念についての誤解をもとに論が立てられている。

b　「夢は枯れ野をかけめぐる」の「は」が果たしている重要な機能が見逃されている。

c　「旅に病んで」と字余りになっていることの意味が、当該句の理解に反映されていない。

右の問題点aについては、後に3・3節で詳しく述べる。また、問題点b・cにおける、「夢は枯れ野をかけめぐる」の「は」の機能、「旅に病んで」という字余りの意味については、各々、3・3節、3・1節で論ずる。

3　代案――字余り・非逆接表現・助詞「は」に注目して

本節では、芭蕉の病中吟「旅に病んで夢は枯れ野をかけめぐる」について、次の三点に注目して表現解析を行う。

① 字余り（「旅に病んで」）の意味と効果
② 非逆接表現（「旅に病んで」）の意味
③ 助詞「は」（「夢は枯れ野をかけめぐる」）の機能

3・1　字余りの意味と効果

それでは、まず、「旅に病んで」という字余りの問題から考えていきたい。

山田（文献140：82）は、「元禄の頃の発句」について次のように述べている。

芭蕉の頃に発句といったものが、現在の俳句になる。連歌・連句の一番初めの句、初発の句として発句と呼ばれる。それが芭蕉の時代には、すでに独立の句としても詠まれていた。つまり付句なしの句が多くなっている。……発句が独立の句として存在し、現代でいう定型（五・七・五の形）・季語（芭蕉の頃は季題とのみ言った）・切字が確かに守られていて、破調・字余りも多少あるにしても原型はきちんとした定型詩であった。

「きちんとした定型詩」なのであれば、字余りは、たまたま字余りになってしまったというようなものとして捉えられるべきではない。五・七・五の定型を破って字余りで表現されたことの理由・効果を考える必要がある。

俳論『三冊子』（服部土芳著、18世紀初めに成立）の、次の箇所を参照されたい（本文は、復本〔文献110：587-588〕に拠る）。

蕣（あさがほ）や昼は錠（ぢやう）おろす門の垣
碪（きぬた）うちて我に聞かせよや坊が妻
枯枝に烏のとまりけり秋のくれ

この句ども字余りなり、字余りの句作りの味はひは、その境に入らざればいひがたし、となり、かの、人は初瀬の山おろしよ[4]、とある文字余りの事などいひ出でて、なくて成りがたき所を工夫して味ふべし、となり

右の箇所で服部土芳は、字余り表現について、「なくて成りがたき所を工夫して味ふべし」という芭蕉の言を引いている。本書第1章で『古今和歌集』の和歌における字余りの表現効

（4）「人は初瀬の山おろしよ」というのは、百人一首にも採られている次の歌のことである。
うかりける人を初瀬の山おろしよはげしかれとは祈らぬものを
（源俊頼朝臣、『千載集』恋二）

果について見たが、芭蕉も字余りの表現効果を考えて俳句を作っていたことが、上引の『三冊子』の記述から分かる。

しかし、「旅に病んで……」の句を含めて、芭蕉の俳句における字余りの意味・表現効果は、従来、十分に把握・評価されてこなかったように見える。「旅に病んで……」の句について解説している、今（文献65）、井本・堀（文献23）、山本（文献143）などでも、この句の字余りには触れられていない。

では、芭蕉の病中吟において、「旅に病んで」と字余りになっているのは、なぜであろうか。

この句の字余りは、本書第1章で論じた『古今和歌集』一六番歌の字余り（「あさなあさなきく」）と同様に、〈もどかしさ〉の表現であると考えられる（なお、芭蕉が字余りによって〈もどかしさ〉を表した俳句は他に見当たらない）。「旅に病んで」という字余りで、体を自由に動かせないことへの〈もどかしさ〉を表すことによって、「夢は枯れ野をかけめぐる」で解放感が与えられている。この意味で、「旅に病んで」の字余りは、タメの効果を持っていると言える。字余りで〈もどかしさ〉が十分に表されていることで「夢は枯れ野をかけめぐる」の表現が際立つ、ということである。

富山（文献96：615-616）には次のようにある。

上五の「旅に病んで」なる字余りの表現は、熾烈な旅心の表白であって、決して単に旅中に病臥した事実を告げているのではない。思うに、「旅寝してわが句を知れや秋の風」（『野ざらし紀行絵巻』に付載の芭蕉自筆の奥書）と吟じ、「東海道の一筋も知らぬ人、風雅（俳諧）に覚束なし」（『三冊子』）と言う芭蕉の意識では、旅と俳諧とは表裏一体をなすもので、旅心は即ち俳魂であり、旅の断絶は俳諧の終結を意味したのである。従って、旅中で病魔に倒れ「旅に病んで」と嘆ずる彼の声には、俳諧に対する執念がこもっており、肉体は病床に組み伏せられながらも「なほかけ廻る夢心」「夢は枯野をかけ廻る」などと吟ずる彼の言葉には、俳魂の絶叫を聞く思いがする。

「熾烈な旅心」「俳諧に対する執念」とあるように、もっと旅をして俳諧の道に生きたいという強い思いを抱きながら、それができないでいる〈もどかしさ〉こそが、「旅に病んで」という字余り表現の内実である。

3・2　非逆接表現の意味

「旅に病む」という事態と「夢は枯れ野をかけめぐる」ということとは、一見、相反する事柄のように思われる。例えば、『完訳用例古語辞典』は、「旅に病んで……」の句を次のように訳している。

旅の途中で病に倒れ床に伏しているが、風雅の心はなお断ちがたく、夢はひとりさびしい冬枯れの野をかけめぐってやまない。（p・605。傍線は竹林）

また、今（文献65：314）も、「旅に病んで」を「旅先で死の床に臥しながらも」（傍線は竹林）と現代語訳している。

しかし、問題の病中吟は、「旅に病めど」といった逆接表現になっていない。(5) これは、なぜであろうか。

なお、森（文献134：145）は次のように言う。

「て」は接続助詞として、順接・逆接・並列の意味に古来用いられてきているが、『奥の細道』にもおなじような用法がみいだされる。そのなかで逆接に用いられた例がすくないので、つぎにあげておこう。

91　黒髪山は霞かゝりて雪いまだ白し

92　ふり積む雪の下に埋れて春を忘れぬ遅ざくらの花の心わりなし

右の「て」は「……テイルガナオ」という意味に解しておけばよいとおもう。

しかし、接続助詞「て」が逆接の意味を表しているように見えるのは、「て」の前に述べられている事柄と「て」の後に述べられている事柄とが反対の関係にある（と見なされる）

ことによるのであり、「て」自体が逆接の意味を有しているわけではない。「黒髪山は霞かゝりて雪いまだ白し」は「黒髪山は、霞がかかっていて、（山頂の）雪がまだ白く残っている」という表現であり、「ふり積む雪の下に埋れて春を忘れぬ遅ざくらの花の心わりなし」は「降り積む雪の下に埋もれているという状態で春を忘れない遅桜の花の心は素晴らしい」という表現である。

次例を見られたい。

寛平御時なぬかのよ、うへにさぶらふをのこども哥たてまつれとおほせられける時に、人にかはりてよめる　とものり

あまの河あさせしら浪たどりつゝ　わたりはてねば　あけぞしにける

（『古今和歌集』秋歌上、一七七番歌）

右の和歌の「渡り果てねば」に関して、従来の諸注釈書の中には、「渡りきらないのに」

（5）芭蕉の俳句に逆接表現が存在することは言うまでもない。

寒けれど二人寐る夜ぞ頼もしき

月はあれど留守のやう也須磨の夏

水無月や鯛はあれども塩くじら

のように逆接表現として解しているものがある。

例えば、小沢・松田（文献32：92［頭注7］）は、次のような注を付けている。

向こう岸まで渡りきらないのに。「ば」は、ここでは逆接。

また、小島・新井（文献53：67）は、「渡り果てねば」を「なかなか渡り切らないのに」と現代語訳し、「「ねば」は万葉集に多い「ぬに」の意の語法」と注する。

小松（文献62）は、こうした注釈書の見方を批判し、次のように述べている。

「渡り果てねば明けぞしにける」とは、〈渡りきらないから夜が明けてしまった〉ということであり、その結果を当然と受け止め、こういう結果になったのは要領の悪い自分の責任だと認めた表現である。（p・234）[6]

芭蕉が、病中吟において、「旅に病んで」という表現にしているのは、〈病んでいるという状態だから、かえって精神が豊かに働く（漂泊への思いが強くなる）〉ということを表現するためであろう。「夢は枯れ野をかけめぐる」は、現実の外的状態に束縛されない精神（内面世界）の自由、芭蕉自身をして「妄執」と言わしめるほどに強い漂泊への思い（山本［文献143：395-398］を参照）を表している。

次に挙げるのは、芭蕉の俳句の中でも、よく知られている句である。

ぎふの庄、ながらの川のうがひとて、ことごとしう云ひのゝしる、まことや其の興の人のかたり伝ふるにたがはず、浅智短才の筆にもことばにも尽くすべきにあらず、心しれらん人に見せばやなど云ひて、やみぢにかへる、此身の名ごりおしさをいかにせむ

おもしろうてやがて悲しき鵜舟哉　（本文は、井本・堀［文献23：218］に拠る。ただし、表記面で若干の改変を施した）

右の俳句では、「おもしろうて」が字余りになっている。この字余りは感興の深さを表現したものと理解される。「おもしろうて」という字余りによって「やがて悲しき」との対比が際立つ点、「旅に病んで……」の病中吟と同様である。病中吟でも、「旅に病んで」という字余りにより、「夢は枯れ野をかけめぐる」が際立つのであった（3・1節）。また、「おもしろ」いから、かえって「やがて悲し」くなることを、「〜て」という表現で表している点も、本節（3・2節）で述べた「旅に病んで」という病中吟の表現と共通している。「旅に病んで」という表現も、上で見たように、〈病んでいるという状態だから、かえって精神が豊か

（6）　この小松説に対して山田（文献138）は別の見解を提示しているが、山田（文献138）も、「渡り果てねば」を逆接表現とは考えない点では小松説と同様である。小松説と山田説の違いは、「渡り果てねば」を、《渡りきらないから》という意の表現と見る（小松説）か、《渡りきらないでいたところ》という意の表現と見る（山田説）か、という点にある。

に働く〈漂泊への思いが強くなる〉ということを表すのであった。

3・3　助詞「は」の機能

それでは、最後に、「夢は枯れ野をかけめぐる」の「は」の機能について考えたい。本章第2節で見たように、赤羽（文献5）は、

ハ……既知を承ける。また既知と扱う。

ガ……未知を承ける。また未知と扱う。

とする大野説を認めた上で、次のように言う。

「は」が「既知を承ける。また既知と扱う。」ということの意味を換言すると、それは「既定、不可変、不自由」ということである。対する「未知を承ける。また未知と扱う。」ということの意味は「未定・可変・自由」ということである。（p・41）

そして、この

ハ……既定、不可変、不自由

ガ……未定、可変、自由

という理解に立って、「夢は枯れ野をかけめぐる」と「夢が枯れ野をかけめぐる」との表現性の違いを論じている。

しかし、第2節で問題点aとして指摘したように、既知説・未知説は「は」「が」の機能・用法を的確に捉えたものではないし、既知・未知ということと「既定、不可変、不自由」「未定、可変、自由」という概念とは同一のものではない。

まず、既知説・未知説の問題点については、次例を参照されたい。

（1）「最近なにか運動してる？」「ラジオ体操はやってる。」（尾上［文献34：11］より）

（2）（自慢話を聞かされて）それがどうした。

既知説・未知説によれば、「は」は既知（或いは既知扱い）の要素を承け、「が」は未知（或いは未知扱い）の要素を承ける。例えば、

昔々、或る所に、おじいさんとおばあさんがいました。おじいさんは山へ柴刈りに、おばあさんは川へ洗濯に行きました。

という『桃太郎』の冒頭部における「は」「が」の使用について、既知説・未知説では、〈第一文の「おじいさん」「おばあさん」は初出の要素であり、それまで知られていなかった人物であるから、「が」が用いられる。一方、第二文の「おじいさん」「おばあさん」は第一文に登場していて既に知られているから、「は」が用いられる〉というように説明される。

しかし、上の（1）「ラジオ体操はやってる。」の「は」は、「既知（或いは既知扱い）の要素」を承けているとは考えられない。また、（2）「それがどうした。」の「が」も、「未知

(或いは未知扱い)の要素」を承けているとは見られない(既知説・未知説の問題点については、竹林[文献85：132-133、179-182]も参照されたい)。

また、赤羽(文献5)は、「既知(扱い)」「未知(扱い)」ということと、松下(文献120、121、等)の「既定、不可変、不自由」「未定、可変、自由」という概念とを同一視している(同様の誤解は、大野[文献27：213]、大野[文献28]、庵[文献11：87、257]などにおいても見られる)。「既知」と「既定、不可変、不自由」とは異なるものであり、「未知」と「未定、可変、自由」も同一の概念ではない。「既定、不可変、不自由」「未定、可変、自由」という概念は、「吾々が判断を立てるに於てその中に働く概念」(松下[文献121：339])とされており、既に知られているか否か(或いは、既知と扱うか未知と扱うか)ということと(関連はあるにしても)同一視することはできない。

次例を見られたい。

(3)a 私は本会の理事です。

b 私が本会の理事です。

(いずれも、松下[文献121：340]より)

松下(文献121：340)は、(3a)の「私は」を「題目語」とし、(3b)の「私が」を「平説語」と呼ぶ。

「題目語」とは、「叙述の範囲を予定して之を題目となし、題目を掲げて置いて、その題目に就いて判断を下す」（松下［文献121：337］）という叙述のし方（「題示的叙述」）において「題目」となる語である。（3a）「私は本会の理事です。」において、「私（は）」は、「叙述の範囲」として「予定」されたものであり、「判断を下す」対象、即ち「題目」とされた語である。

一方、「平説語」とは、「叙述の範囲を予示せずに即ち題目なしに叙述する」（松下［文献121：337］）という叙述のし方（「無題的叙述」）において叙述の一部をなす語である。（3b）「私が本会の理事です。」における「私（が）」は、「私が本会の理事です。」という叙述・解説中の一要素である。

これら「題目語」「平説語」について、松下（文献121：339-340）は次のように述べる。

題目語と平説語との別は、吾々が判断を立てる場合に於ける思惟の範疇である。此の区別は文法上論理上非常に大切なるものである。単に語形上の区別とのみ考へてはならない。凡そ吾々が判断を立てるに於てその中に働く概念には、既定不可変で選択不自由なものと、未定可変で選択自由なものとある。題目は前者であつて解説は後者である。ざつと問題と答案と見れば善い。試験に於て問題は既定、不可変、不自由なものである。問題が気に入らないからと云つて受験者が問題を改めることは出来ない。然るに答案は受験者がこれから書くのであつてどう書いても自由である。この問題と答案の関係を自問自答の形に改めれば題目と解説とになる。題目語は既定不可変不自由であつて解説の圏外に在る。然るに平説語は解説の一材料（一部分）である。故に未定可変自由である。二者の間には侵すべからざる区別が有る。

松下（文献121：340）は、先の（3a）「私は本会の理事です。」について次のように言う。

この命題の目的は「私」といふものに就いて或る判断を下すのである。「私」といふ概念は最初から決まつてゐるので改めることは出来ない。これを改めては別の談になつてしまふ。

また、松下（文献121：340）は、（3b）「私が本会の理事です。」について下のように説く。

「私が」が平説であるから「私が」も解説の一部である。従つて「私」といふ概念は既定不可変ではない。解説者が自由に決めるのである。此の命題に在つては「私が本会の理事です」の全体が解説である。題目を挙げない解説である。

松下（文献120、121、等）の言う「既定、不可変、不自由」「未定、可変、自由」とは上のようなものであり、或る要素が既に知られているか否か（既知・未知）ということとは別の概念である。

尾上（文献37：33-34）も次のように述べている。

題目とは、上来の把握のとおり、一文内で表現上前提たるべき位置に立つ成分のことであって、原理的に先行する、先に固定されているというあり方も、あくまで一る。[(7)]

（7）尾上（文献37：31）は、典型的な題目（題目語）が備えている要件として次のものを挙げている。

① 一文の中で、その成分が表現伝達上の前提部分という立場にある。

①-a 表現の流れにおいて、その部分が全体の中から仕切り出されて特別な位置にある。

①-b その成分は、後続の伝達主要部分の内容がそれと決定されるために必要な原理的先行固定部分である。

② その成分が、後続部分の説明対象になっている。

右の要件①②について、尾上（文献37：32）の、次の解説を参照されたい。

「太郎が次郎にりんごをやった」という一体的な事態の中から「太郎」という項目を仕切り出して、一文を「太郎」とそれ以外の部分との結合として表現しようとするとき、「太郎は、次郎にりんごをやった」という題目―解説のスタイルが現れる（①-a）。このとき、「太郎は」は、「次郎にりんごをやった」という解説内容をそれと決定するための問題設定の部分であり、原理的先行部分、一文の表現内容の中での先行固定部分である（①-b）。無論、解説部分の説明対象でもある（②）。また、同じ対象的事態の中から「りんご」を仕切り出して、表現伝達上の前提、原理的先行固定部分とし、「りんごは、太郎が次郎にやった」という題目―解説関係を作ることも、当然、可能である。

文内の残りの部分（解説部分＝伝達主要部分）に対してのことである。このことと、文脈上既出、既知であることとは、別である。しばしば「既知」説の出発点であるとされる松下大三郎『改撰標準日本文法』の記述も、「題目は、即ち問題である。判定の対象の予定的提示である」「解説に先立って先づ定められ」「判定の対象は判定の前から既定動かすべからざるものである」（同書昭和五年訂正版、七七二-七七四ページ）などの説明から見えるとおり、一文内での他の部分（解説部分）との関係において「既定不可変」「選択不自由」と言っているのであって、文脈上既出とか既知ということを主張しているのではない。

・「親戚の人は本当に来てくれた？」
「熊本のおじさんは来たよ」

という会話において、「少なくとも熊本のおじさんだけは来てくれた」という趣旨のこの応答文の「熊本のおじさん」は既知項目ではない。新情報の一部である。しかし、もちろん、題目であることもまた疑う余地はない。「熊本のおじさん」を問題にするから「来た」と言えるのであって、他の人を説明対象に設定したら解説部分の内容は違ったものになる。「〇〇は」が解説のための原理的先行固定部分であることは、この場合も確かに維持されている。すなわち、題目であることと既知、既出であることとは、必ずしも一致しないのである。「既知」と「既定」、「未知」と「未定」が相当に重なるとしても（松下［文献121：341-343］を参照）、

「は」が「既知を承ける。また既知と扱う。」ということの意味を換言すると、それは「既定、不可変、不自由」ということである。対する「未知を承ける。また未知と扱う。」ということの意味は「未定・可変・自由」ということである。

（赤羽［文献5：41］）

と言い切ることは避けねばならない。

そして、より根本的な問題として、赤羽（文献5）には、「夢は枯れ野をかけめぐる」という表現における「は」の重要な働きが述べられていない、ということがある。筆者（竹林）は、題目語の「既定、不可変、不自由」性を（松下文法が言う意味において）認めるが、(8) 問題とは、

(8) 助詞「は」には、題目提示用法（例…富士山は美しい。）、対比用法（例…彼のように速くは走れない。）、強調用法（例…誰も、そんなことを言いはしない。）、反復用法（例…寄せては返す波を見ていると心が静まりますね。）など様々な用法があるが、「既定、不可変、不自由」性が認められるのは題目提示用法の場合のみである。「は」の全ての用法において「既定、不可変、不自由」性が見られるのではない。詳しくは、尾上（文献42）、竹林（文献85：第II部1章）を参照されたい。

なっている病中吟の表現解析において大切なのは、「夢は枯れ野を」の「は」が（題目提示用法であると同時に）対比用法だという点である（題目提示用法であると同時に対比用法でもあるという場合が存在することについては、佐藤［文献72］、尾上［文献37］、丹羽［文献100］を参照されたい）。「旅に病んで夢は枯れ野をかけめぐる」の「は」は、病んで動けない（肉体的には不自由な）自分の現実と「夢」（現実の外的状態に束縛されない精神世界）とを対比させている。より表現に即して言えば、この「は」は、「夢において枯れ野をかけめぐっていること」（事柄A）を、「旅に病んでいること」（事柄B）と対比的に表現している。「夢」は、対比の焦点項目（右の事柄Aにおける中核項目）であるゆえに、当該句後半部の主題要素（題目語）として提示されている。先に述べた、「現実の外的状態に束縛されない精神（内面世界）の自由、芭蕉自身をして「妄執」と言わしめるほどに強い漂泊への思い」（本章3・2節）を表すために、助詞「は」が重要な役割を果たしている。助詞「が」は、上のような対比用法を持たない。

綱島（文献94）は、「旅に病んで……」の句を、「旅の中途、死の床に病み臥しながら、夢の中で枯野をかけめぐることだ。」と訳している。この現代語訳には、「夢は」の「は」が果たしている対比機能が全く反映されていない。

なお、赤羽（文献4）は、「芭蕉に、「は」の格を与えられた対象は生きて動作をする」（p・170）とし、次のように述べている。

既に柱は杉風・枳風が情を削り、住居は曽良・岱水が物ずきをわぶ。

という文について考えてみる。普通に考えて、「柱は」「情を削」るはずはないし、「住居は」「物ずきをわぶ」るはずはない。本当に動作するものを主語に置くと、

（大工は）柱に杉風・枳風が情を削り、（芭蕉は）住居に曽良・岱水が物ずきをわぶ。

となる。即ち、「柱は」は「柱に」の格、「住居は」は「住居に」の格にすると落着く。しかし、破格をいとわず芭蕉が「柱」と「住居」を「は」格に据えた意図を忖度するに、彼は柱に生命を持せて、杉風・枳風が情を削らせ、同様に住居に動作させて、曽良・岱水が物ずきを侘びさせたのではあるまいか。……「旅に病で夢は枯野をかけ廻る」の「夢は」は、本来「に」格で表現される方が実状に合っていた。それがわざわざ「は」で表現されたのは、夢が芭蕉の心理の枠を離れて、ひとりで動き出す効果を狙ったものと思われる。芭蕉には、芭蕉の精神が統御できない「魔心」が存在した。それは、元禄五年春の作と考えられる「栖去之弁」に、

風雅もよしや是までにして、口をとぢんとすれば、風情胸中をさそひて、物のちらめくや、風雅の魔心なるべし。

と見える。芭蕉の枯野を廻る夢は、まさにこの風雅の魔心に外ならなかった。……

芭蕉が「旅に病で夢は枯野をかけ廻る」の句において、「夢は」と表現したのは、夢を自由に活躍させるためであった。（pp・170-173）

しかし、「は」が承ける項目（「は」の前接項）が常に「生きて動作をする」わけではない。例えば、

蕣（あさがほ）や昼は錠（ぢやう）おろす門の垣（井本・堀［文献23：436］）

という俳句における「昼」は、生きて動作をするものではない。

また、

名月はつるがの湊にと旅立つ（『奥の細道』。井本・久富・村松・堀切［文献22：119］）

という表現も「名月は敦賀の湊でめでようと旅立つ」ということであり、「名月」が生きて動作をするわけではない（この「名月は」という表現は、「デザートは後で食べよう。」という文の「デザートは」と同じく、動作・行為の対象が題目語として提示されたものである）。

4　おわりに

本章では、芭蕉最後の句である病中吟「旅に病んで夢は枯れ野をかけめぐる」の表現を解析した。本章の要点は次の通りである。

①「旅に病んで」という字余りは、〈もどかしさ〉の表現である。この字余りで〈もどか

しさ〉を表すことにより、「夢は枯れ野をかけめぐる」の部分で解放感が与えられている。この意味で、「旅に病んで」の字余りは、タメの効果を持っている。

② 問題の俳句が「旅に病めど」といった逆接表現ではなく、「旅に病んで」という表現になっているのは、〈病んでいるという状態だから、かえって精神が豊かに働く（漂泊への思いが強くなる）〉ということを表現するためであると考えられる。

③ 「夢は枯れ野をかけめぐる」の「は」は、（題目提示用法であると同時に）対比用法であり、病んで動けない自分の現実と「夢」（現実の外的状態に束縛されない精神世界）とを対比させている。

引用文献

1青木伶子（一九五四）「主語承接の「は」助詞について」『国語と国文学』31巻3号：41-54

2青木伶子（一九九二）『現代語助詞「は」の構文論的研究』笠間書院

3赤羽学（一九七四）「芭蕉の終焉」『芭蕉翁追善之日記』（岡山大学池田家文庫等刊行会編、福武書店）：57-110

4赤羽学（一九八七）『芭蕉俳句鑑賞』清水弘文堂

5赤羽学（一九九八）「芭蕉の表現——静止主体と動作主体の交替現象」『表現研究』68号：37-43

6飛鳥井雅俊か（一四九八）『古今栄雅抄』

7阿部秋生・秋山虔・今井源衛（校注・訳）［一九七四］『日本古典文学全集　源氏物語　4』小学館

8阿部喜三男・阿部正美・大礒義雄（校注）［一九七二］『古典俳文学大系6　蕉門俳諧集1』集英社

9阿部正美（一九九三）「芭蕉の終焉」『国文学　解釈と鑑賞』58巻5号：103-107　至文堂

10新井栄蔵（一九七二）「古今和歌集四季の部の構造についての一考察——対立的機構論の立場から」『国語国文』41巻8号：1-30

11庵功雄（二〇〇一）『新しい日本語学入門——ことばのしくみを考える』スリーエーネットワーク

12池上嘉彦（一九九七）「認知言語学のおもしろさ」『月刊言語』26巻5号：68-73　大修館書店

13池上嘉彦（二〇〇〇）『「日本語論」への招待』講談社

14石川徹（校注）［一九八九］『新潮日本古典集成　大鏡』新潮社
15石田穣二（訳注）［一九七九］『新版　伊勢物語』（角川文庫）角川書店
16石原千秋（一九九九）『秘伝　中学入試国語読解法』（新潮選書）新潮社
17市古貞次（校注・訳）［一九七三］『日本古典文学全集　平家物語　1』小学館
18市古貞次（校注・訳）［一九九四］『新編日本古典文学全集　平家物語①』小学館
19糸井通浩（一九九二）「枕草子の語法一つ――連体接「なり」の場合」『国語と国文学』69巻11号：22-31
20今泉準一（一九九三）「其角『芭蕉翁終焉記』」『国文学　解釈と鑑賞』58巻5号：113-117　至文堂
21今泉準一（二〇〇二）『注解芭蕉翁終焉記――「芭蕉翁終焉記」を読む』うぶすな書院
22井本農一・久富哲雄・村松友次・堀切実（校注・訳）［一九九七］『新編日本古典文学全集　松尾芭蕉集
②　紀行・日記編　俳文編　連句編』小学館
23井本農一・堀信夫（注解）［一九九五］『新編日本古典文学全集　松尾芭蕉集①　全発句』小学館
24岩佐美代子（一九九七）『宮廷に生きる――天皇と　女房と――』笠間書院
25上野辰義（二〇〇一）「「春はあけぼの」と「春のあけぼの」――枕草子第一段雑考」『京都語文』（佛教
大学国語国文学会）8号：4-21
26大久保正（編）［一九六九］『本居宣長全集　第3巻』筑摩書房
27大野晋（一九七八）『日本語の文法を考える』（岩波新書）岩波書店
28大野晋（一九八六）「ハとガの源流」『国語と国文学』63巻2号：1-17
29岡一男（校註）［一九六〇］『日本古典全書　大鏡』朝日新聞社

30奥村恆哉（校注）［一九七八］『新潮日本古典集成　古今和歌集』新潮社
31小沢正夫（校注・訳）［一九七二］『日本古典文学全集　古今和歌集』小学館
32小沢正夫・松田成穂（校注・訳）［一九九四］『新編日本古典文学全集　古今和歌集』小学館
33尾上圭介（一九七九）「助詞「は」研究史に於ける意味と文法」『30周年記念論集　神戸大学文学部』：365-386
34尾上圭介（一九八一）「「象は鼻が長い」と「ぼくはウナギだ」」『月刊言語』10巻2号：10-15　大修館書店
35尾上圭介（一九八二）「文の基本構成・史的展開」『講座日本語学　2　文法史』（森岡健二・宮地裕・寺村秀夫・川端善明編、明治書院）：1-19（尾上［二〇〇一］に所収）
36尾上圭介（一九八六）「感嘆文と希求・命令文――喚体・述体概念の有効性」『松村明教授古稀記念　国語研究論集』（松村明教授古稀記念会編、明治書院）：555-582（尾上［二〇〇一］に所収）
37尾上圭介（一九九五）「「は」の意味分化の論理――題目提示と対比」『月刊言語』24巻11号：28-37　大修館書店
38尾上圭介（一九九八）「一語文の用法――〝イマ・ココ〟を離れない文の検討のために」『東京大学国語研究室創設百周年記念　国語研究論集』（同編集委員会編、汲古書院）：888-908（尾上［二〇〇一］に所収）
39尾上圭介（一九九九）「文の構造と〝主観的〟意味――日本語の文の主観性をめぐって・その2」『月刊言語』28巻1号：95-105　大修館書店（尾上［二〇〇一］に所収）

40尾上圭介（二〇〇一）『文法と意味Ⅰ』くろしお出版
41尾上圭介（二〇〇二）「話者になにかが浮かぶ文——喚体・設想・情意文・出来文」『月刊言語』31巻13号：84-93　大修館書店
42尾上圭介（二〇〇四）「主語と述語をめぐる文法」『朝倉日本語講座6　文法Ⅱ』（北原保雄監修、尾上圭介編、朝倉書店）：1-57
43尾山令仁（一九八九）『聖書翻訳の歴史と現代訳』暁書房
44梶原正昭・山下宏明（校注）［一九九一］『新日本古典文学大系　平家物語　上』岩波書店
45片桐洋一（一九九八）『古今和歌集全評釈（上）』講談社
46金子元臣（一九〇一）『古今和歌集評釈　第一』明治書院
47金子元臣（一九二七）『古今和歌集評釈』（昭和新版）明治書院
48亀井孝（一九五九）「春鶯囀」『国語学』39集：1-7
49かめいたかし（一九九五）『ことばの森』吉川弘文館
50菊地靖彦（一九八〇）『古今的世界の研究』笠間書院
51木藤才蔵（校注）［一九七七］『新潮日本古典集成　徒然草』新潮社
52宮内庁書陵部（編）［一九六七］『図書寮叢刊　古今和歌集六帖　上巻・本文編』養徳社
53小島憲之・新井栄蔵（校注）［一九八九］『新日本古典文学大系　古今和歌集』岩波書店
54小町谷照彦（一九八四）「うぐひすの鳴くなる声　古今和歌集評釈13」『国文学　解釈と教材の研究』29巻1号：154-157　学燈社

55小松英雄（一九九〇）『徒然草抜書――表現解析の方法』（講談社学術文庫）講談社
56小松英雄（一九九四）『やまとうた――古今和歌集の言語ゲーム』講談社
57小松英雄（一九九七）『仮名文の構文原理』笠間書院（二〇〇三年に増補版刊行）
58小松英雄（一九九八）『日本語書記史原論』笠間書院（二〇〇〇年に補訂版刊行）
59小松英雄（二〇〇〇）『古典和歌解読――和歌表現はどのように深化したか』笠間書院
60小松英雄（二〇〇一）『日本語の歴史――青信号はなぜアオなのか』笠間書院
61小松英雄（二〇〇三）『仮名文の構文原理［増補版］』笠間書院
62小松英雄（二〇〇四）『みそひと文字の抒情詩――古今和歌集の和歌表現を解きほぐす』笠間書院
63小松英雄（二〇〇六）『古典再入門――『土左日記』を入りぐちにして』笠間書院
64小松英雄（二〇〇八）『丁寧に読む古典』笠間書院
65今栄蔵（校注）［一九八二］『新潮日本古典集成　芭蕉句集』新潮社
66近藤政美・武山隆昭・近藤三佐子（編）［一九九六］『平家物語〈高野本〉語彙用例総索引　自立語篇
上　あ〜こ』勉誠社
67佐伯梅友（校注）［一九五八］『日本古典文学大系　古今和歌集』岩波書店
68酒井憲二（一九八〇）「猫またよや〳〵考」『リポート笠間』21号：4-7　笠間書院（酒井［二〇〇四］
に所収）
69酒井憲二（二〇〇四）『老国語教師の「喜の字の落穂拾い」』笠間書院
70阪口和子（一九八七）「読み人知らずたち」『一冊の講座　古今和歌集』（『一冊の講座』編集部編、有精

堂）：433-442
71阪口弘之（校注・訳）［二〇〇〇］「平家女護島」『新編日本古典文学全集　近松門左衛門集③』小学館
72佐藤ちゑ子（一九七六）「主題化に関する主格名詞句の特性について」『佐伯梅友博士喜寿記念　国語学論集』（佐伯梅友博士喜寿記念国語学論集刊行会編、表現社）：929-952
73沢田正子（一九八五）『枕草子の美意識』笠間書院
74柴田武（一九八九）「春はあけぼの。見れども見えず。」『文芸研究』122集：1-9
75柴田武（一九九五）『日本語はおもしろい』（岩波新書）岩波書店
76庄野潤三（一九六七）「私の文学　好みと運」『われらの文学　13　庄野潤三』（講談社）：466-476
77白石大二（一九七〇）「『徒然草』における助動詞「き」「けり」――表現の真実の理解のために」『月刊文法』2巻7号：80-89　明治書院
78鈴木泰（一九九二）『古代日本語動詞のテンス・アスペクト――源氏物語の分析』ひつじ書房（一九九九年に改訂版刊行）
79鈴木日出男（一九九〇）『古代和歌史論』東京大学出版会
80高木市之助・小澤正夫・渥美かをる・金田一春彦（校注）［一九五九］『日本古典文学大系　平家物語上』岩波書店
81竹岡正夫（一九七六）『古今和歌集全評釈（上）』右文書院
82竹林一志（一九九八）「『徒然草』本文の一解釈――助動詞「き」「けり」・視点・表現効果の相関」『解釈』44巻3号：28-31

83竹林一志（二〇〇〇）「『古今和歌集』一六番歌の表現解析」『表現研究』71号：19-26
84竹林一志（二〇〇一）「「東京は神田の生まれだ」型表現と助詞「は」」『表現研究』73号：16-22
85竹林一志（二〇〇四）『現代日本語における主部の本質と諸相』くろしお出版（二〇〇七年に追補版刊行）
86竹林一志（二〇〇七a）「『枕草子』冒頭部の表現解析」『表現研究』85号：1-11
87竹林一志（二〇〇七b）『「を」「に」の謎を解く』笠間書院
88竹林一志（二〇〇七c）「散文における重層表現――『大鏡』「ひよ」・『平家物語』「あたあた」を例として」『解釈』53巻11・12合併号：11-19
89竹林一志（二〇〇八）「松尾芭蕉の病中吟―「旅に病んで…」―の表現解析」『総合文化研究』14巻2号：1-17
90橘健二（校注・訳）［一九七四］『日本古典文学全集　大鏡』小学館
91橘健二・加藤静子（校注・訳）［一九九六］『新編日本古典文学全集　大鏡』小学館
92田中重太郎（一九七二）『枕冊子全注釈（1）』角川書店
93田辺爵（一九七七）『古典評釈シリーズ　徒然草』右文書院
94綱島三千代（一九八七）「読みと主題　旅に病で夢は枯野をかけ廻る　笈日記　芭蕉」『国文学　解釈と教材の研究』32巻11号：101　学燈社
95冨倉徳次郎（一九六七）『平家物語全注釈　中巻』角川書店
96富山奏（一九九一）『俳句に見る芭蕉の藝境』前田書店
97永積安明（校注・訳）［一九九五］『新編日本古典文学全集　徒然草』小学館

98 中野幸一（二〇〇八）「『源氏物語』と貴族の生活習慣」『解釈』54巻9・10合併号：50-57
99 西尾光雄（一九六九）『日本文章史の研究　中古篇』塙書房
100 丹羽哲也（二〇〇〇）「主題の構造と諸形式」『日本語学』19巻5号（4月臨時増刊号）：100-109
明治書院
101 野田尚史（一九九六）『「は」と「が」』くろしお出版
102 野村精一（一九七〇）『源氏物語文体論序説』有精堂
103 萩谷朴（校注）［一九七七］『新潮日本古典集成　枕草子（上）』新潮社
104 橋本治（一九八七）『桃尻語訳　枕草子（上）』河出書房新社
105 服部四郎（一九六〇）『言語学の方法』岩波書店
106 服部四郎（一九七六a）「上代日本語の母音体系と母音調和」『月刊言語』5巻6号：2-14　大修館書店
107 服部四郎（一九七六b）「上代日本語のいわゆる〝八母音〟について」『日本学士院紀要』34巻1号：1-16
108 服部四郎（一九七六c）「上代日本語の母音音素は六つであって八つではない」『月刊言語』5巻12号：
69-79　大修館書店
109 服部直子（一九九三）「路通『芭蕉翁行状記』」『国文学　解釈と鑑賞』58巻5号：122-125　至文堂
110 復本一郎（校注・訳）［二〇〇一］「三冊子」『新編日本古典文学全集　連歌論集　能楽論集　俳論集』
（奥田勲・表章・堀切実・復本一郎校注・訳）小学館
111 保坂弘司（一九七九）『大鏡全評釈　下巻』学燈社
112 保科恵（一九九八）「鶯の鳴くなるこゑは——古今和歌集所収歌解」『解釈』44巻2号：12-17

113 細谷直樹（一九九四）『方丈記・徒然草論』笠間書院
114 堀田要治（一九八三）「徒然草の解釈文法」『国文学　解釈と鑑賞』48巻2号（1月臨時増刊号）：16
7-208　至文堂
115 堀信夫（一九九三）「支考『芭蕉翁追善之日記』――附たり『笈日記』」『国文学　解釈と鑑賞』58巻5
号：118-121　至文堂
116 本位田重美（一九四八）『評註古今和歌集選釈』紫乃故郷舎
117 松尾聰・永井和子（校注・訳）［一九七四］『日本古典文学全集　枕草子』小学館
118 松尾聰・永井和子（校注・訳）［一九八九］『完訳　日本の古典12　枕草子（1）』小学館
119 松尾聰・永井和子（校注・訳）［一九九七］『新編日本古典文学全集　枕草子』小学館
120 松下大三郎（一九二八）『改撰標準日本文法』紀元社
121 松下大三郎（一九三〇）『標準日本口語法』中文館書店
122 松田武夫（一九六五）『古今集の構造に関する研究』風間書房
123 松田武夫（一九六八）『新釈古今和歌集（上）』風間書房
124 松村明（編）［一九七一］『日本文法大辞典』明治書院
125 松村博司（校注）［一九六〇］『日本古典文学大系　大鏡』岩波書店
126 馬渕和夫（一九八七）「「びよ」と「軽々」」『国語教室』32号：18-19　大修館書店（馬淵［一九九六］
に所収）
127 馬渕和夫（一九九六）『古典の窓』大修館書店

128 間宮厚司（二〇〇三）『万葉集の歌を推理する』（文春新書）文藝春秋
129 水谷修（一九七九）『日本語の生態――内の文化を支える話しことば』創拓社（新装版：『話しことばと日本人――日本語の生態』創拓社出版）
130 水谷信子（一九八〇）「外国語の修得とコミュニケーション」『言語生活』344号（8月号）：28-36 筑摩書房
131 水谷信子（一九八八）「あいづち論」『日本語学』7巻12号：4-11 明治書院
132 水谷信子（二〇〇一）「あいづちとポーズの心理学」『月刊言語』30巻7号：46-51 大修館書店
133 メイナード・K・泉子（一九九三）『会話分析』くろしお出版
134 森修（一九九二）『西鶴・芭蕉・近松――近世文学の表現と語法』和泉書院
135 安良岡康作（一九六七）『徒然草全注釈』角川書店
136 山口仲美（一九八四）『平安文学の文体の研究』明治書院
137 山口仲美（二〇〇二）『犬は「びよ」と鳴いていた――日本語は擬音語・擬態語が面白い』（光文社新書）光文社
138 山田潔（二〇〇〇）「「渡り果てねば明けぞしにける」考」『学苑』（昭和女子大学近代文化研究所）716号：61-72（山田［二〇〇八］に所収）
139 山田潔（二〇〇八）『中世文法史論考』清文堂
140 山田みづえ（一九九四）「芭蕉の発句」『芭蕉を学ぶ人のために』（浜千代清編、世界思想社）：79-126
141 山田孝雄（一九〇八）『日本文法論』宝文館

142 山田孝雄（一九三六）『日本文法学概論』宝文館
143 山本健吉（二〇〇六）『芭蕉——その鑑賞と批評（新装版）』飯塚書店
144 吉岡曠（一九九六）『物語の語り手——内発的文学史の試み』笠間書院
145 渡辺実（一九八八）「「枕草子」の文体」『国文学　解釈と教材の研究』33巻5号：66-72　学燈社
146 渡辺実（校注）［一九九一］『新日本古典文学大系　枕草子』岩波書店
147 Morris, Ivan (1971) *The Pillow Book of Sei Shōnagon*. Penguin Classics. Penguin.
148 Taylor, John R. (2002) *Cognitive Grammar*. Oxford : Oxford University Press.

辞典：

149 大野晋・佐竹昭広・前田金五郎（編）［一九九〇］『岩波古語辞典　補訂版』岩波書店
150 金田一春彦（監修）［一九九九］『完訳用例古語辞典』学習研究社
151 中田祝夫・和田利政・北原保雄（編）［一九八三］『古語大辞典』小学館
152 中村幸彦・岡見正雄・阪倉篤義（編）［一九八二］『角川古語大辞典　第1巻』角川書店
153 日本国語大辞典第2版編集委員会・小学館国語辞典編集部（編）［二〇〇〇］『日本国語大辞典　第1巻』（第2版）小学館
154 日本大辞典刊行会（編）［一九七二］『日本国語大辞典　第1巻』（第1版）小学館

あとがき

本書では、日本古典文学の表現解析を通して、言語表現を的確に捉えるためには巨視的観点と微視的観点の両方が必要であり、これら二つの観点を調和させつつ対象にアプローチすべきであるということを述べた。

私自身、高校生の時から日本古典文学を読むことが好きで、古文の表現をできるだけ精確に読み取りたいと願い、努めてきた。

高校時代、三島由紀夫の評論・エッセイに触発されて中古文学を読み始めた。最初に読み通した作品は『和泉式部日記』であった。

そして、高校3年生のとき、松尾聰先生の御著書に出会った。『増補改訂　古文解釈のための　国文法入門』（研究社、1973年）、『源氏物語を中心とした　語意の紛れ易い中古語攷』（笠間書院、1984年）等を読み、一字一句を忽《ゆるが》せになさらない松尾先生の御学風に感動し、憧れの念を抱いた。大学受験時、松尾先生は既に学習院大学を退任なさっていたが、松尾先生のお教えを受け継がれている吉岡曠先生や永井和子先生にお教えいただければと思い、学習院を受験し、１９９１年の春、日本語日本文学科に入学した。

大学入学後は、『全釈源氏物語』（全６巻、筑摩書房、１９５８〜１９７０年）、『徒然草全釈』（新装改訂版、清水書院、１９８９年）等、松尾先生の注釈書に読み耽った。松尾先生の注釈書は、テキスト用の小さなものも含めて、入手可能・閲覧可能なものは全て読んだ。入手困難であった『全釈源氏物語』（全６巻）を古書店で見つけ、１冊１万円（計６万円）で購入したときの喜びは今でも覚えている（本を買うことに関しては極めて寛容な母がお金を出してくれた）。また、注釈書以外の松尾先生の御著書・御論文も読みあさり、松尾先生の世界にどっぷり浸かっていた（松尾先生とは、二度、お話しさせていただく機会を得た。その折のことは、拙著『「を」「に」の謎を解く』［笠間書院、２００７年］の「あとがき」に記した）。

学部２年生のときには、『源氏物語』を原文で読み終え、吉岡曠先生・永井和子先生・小久保崇明先生といった素晴らしい先生方の演習で、古典本文を、一語一語大切にしながら、しっかり読むトレーニングを受けた。

学部２年目を終えてから、大学間の交換留学制度で、オーストラリア国立大学（Australian National University）に十ヵ月ほど留学し、Robert Dixon や Anna Wierzbicka といった世界的言語学者のクラスで言語学を学んだ。帰国後は、古文の語句・表現を言語学的に分析することを強く意識するようになり、卒業論文（「平安時代語の意味論的研究」）は服部四郎氏の意義素論を理論的基盤にして書いた。

本書の論は、小松英雄先生（筑波大学名誉教授）から大きな影響を受けている。小松先生には、学部3年生のときから、先生が学習院の非常勤講師を退任なさるまで、6年間、お教えいただいた（教室での授業が終わった後、大学近くの喫茶店に場所を移しての「課外講義」も本当に勉強になった。楽しい思い出として残っている）。

小松先生は、一貫して、「方法」の重要性を強調していらっしゃる（本書「序論」第2節を参照）。先生の御講義を初めてうかがった学部3年生の頃は、〈方法が重要だ〉という先生のお話を理解する力がなく、「方法」と聞いてもピンとこなかったが、次第に先生の御主張がよく分かるようになり、本書のような〈〈方法の重要性〉を強調する〉ものを書くに至った。

本書を執筆しながら、憧れは力であるということを実感した。小松先生の御論の底に亀井孝氏への憧れがあるように（小松英雄『仮名文の構文原理［増補版］』〈笠間書院、２００３年〉p・ⅷ）、本書も小松先生への憧れに衝き動かされて書き進めた。また、本書執筆の過程で小松先生の御著書を何度も読み返し、先生への憧憬は益々強くなった。本書をまとめはじめた時期に小松先生の『古典再入門』（笠間書院、２００６年）が刊行され、「小松英雄自著解説」の冊子（笠間書院、２００７年）が出たことも大きな刺激となった。

小松先生には、授業の学年末レポートや学会誌の抜刷で拙論を見ていただき、温かい御教示・お励ましを頂戴した。本書第1章の『古今和歌集』一六番歌についての論は、1998年度の大学院のクラスの学年末レポートとして提出したものである。一六番歌に関する小松説の問題点を指摘した部分があり、恐る恐る提出したのだが、返却されたレポート原稿には、「きちんとした筋立て　説得力に富む　字余りの表現効果についてはさらに論文を書いて補強する価値あり」というコメントが書き込まれていて、感激した。このレポートを基にした論文は、表現学会の機関誌『表現研究』第71号（2000年）に掲載され、森野宗明氏が、「「有脈テクスト論的観点」つまり歌集を一つのまとまりのあるテクストとおさえて、一首一首を捉える立場からなされた好論である」と評してくださった（「学界時評　国語」『国文学　解釈と教材の研究』45巻8号）。また、本書第4章の『徒然草』第八九段についての論は、当初、周囲から良い反応が得られなかったものであるが、小松先生は評価し、お励ましくださった。小松先生のお言葉に力を得て、改稿し、解釈学会の機関誌『解釈』44巻3号（1998年）に掲載された論文は、高山善行氏が、「短いがキラッと光る好論」と評してくださった（「1998年・1999年における国語学界の展望　文法（史的研究）」『国語学』51巻2号）。

出会いは人を変える、と言われる。私も、諸先生方との出会いによって変えられ、成長してきた。先生方お一人お一人との貴重な出会いを今あらためて思い返し、感謝の念でいっぱいである。

最後になるが、本書の出版をご快諾くださった笠間書院の池田つや子社長・橋本孝編集長と、編集の労をおとりくださり、数々の有益なアドバイスで助けてくださった重光徹氏に心からの謝意を表したい。

２００９年６月

竹林一志

索　引

太字の頁は、特に重要な箇所であることを示している。

【あ行】

言いさし　102-103, 109
韻文　1, 16, 73, 124, 146
　――史　8
　――的表現　147
『笈日記』　173
『大鏡』　36, 118-120, 124-128, 131, 134-136, 151-153
音象徴語　138-139

【か行】

かきさし　101, 103
掛詞　121
重ね合わせ　13, 65, 119-120, 122-124, 132-133, 148, 151, 153
活写語　139
仮名　12-13, 73
　――文　14, 90, 119-120, 212
　――文学作品　33
　――文字　14, 71
　――連鎖　39, 65, 120, 122-123
完結型表現　**115-117**
擬声語　129, 139, 152
巨視的　8, 27-28, 35, 118
　―――観点　2, 5, 28, 32, 35-36, 77, 118, 210-211
『源氏物語』　1, 124, 133, 210
『古今集遠鏡』　45-46
『古今和歌集』(『古今集』)　1, 5-10, 12, 14, 17, 19-25, 36, 38-42, 46, 52-53, 55, 57-59, 65, 67-68, 71-75, 77, 120, 122-123, 133, 179-180, 183, 213
詞書　13, 25, 50, 62, 121
コンテクスト　24-25, **27**, 32, 38, 52, 58, 66-68, 117, **152-154**, 174

【さ行】

『三冊子』　179-181
散文　1, 119, 122, 124, 135, 146, 148, 151
　――詩的文体　81
字余り　69, **72-76**, 174, 177-181, 185, 196, 213
視座　167-168
　――の移動　167-168, 171
視線　166
視点　156, 159-160, 165, 167-168, 170-171
重層表現　**119-125**, 131, 134-135, 139-140, 142, 146, 148, 151, 153
主部　36, 167
書記　14, 85, 90
　――テクスト　84, 87-88, 92, 116
　――の基本原理　84, 91-92, 106, 117
助詞　19, 24, 32, 35-36, 38, 42, 45-46, 48, 50-52, 54, 58, 66, 76-77, 105, 108, 118, 174, 178, 186, 193-194
　係――　48, 51, 53-54

格―― 175
接続―― 182
助動詞 32-33,43,45,70-71,125,157,159,169
『新撰万葉集』 10,13
説明的叙述 98,100,104-106,108-110,114-116
――――法 35,94,**99-100**

【た行】

体験話法 167
対比 23-24,42,48,51-53,55-56,58,66,71,76,185,194,196
――用法 52-53,56,193-194,196
題目語 188-191,193-194,196
題目提示 98
――――用法 95,98,193-194,196
多重表現 12
複線構造による―――― 12,67
注釈書 5-16,19-20,23,33,39,45,69,79,83,120,126,128,134-136,138,140,146,149,156,159,183-184,211
つけたり 105-106,108
『徒然草』 2,19-21,36,109,154-157,159-161,165-166,168-171,211,213
テクスト 17,21,25,33,38,52,58-59,79,81,84,98,108,146,213
――――解析 24-25
仮名文―――― 13,70,81,85
書記――――（→「書記」）
校訂――――（校訂テキスト） 16,120
「東京は神田の生まれだ」型表現（「東京は神田の」型表現） 34-35,94-99,117
『土左日記』 19,70,107,123

【な行～わ行】

「は」の機能 38,48,**51-52**,55,66,77,118,174,177-178,186
非完結型表現 **115-118**
微視的 35,118
―――観点 2,5,32,35-36,77,118,174,210
ひとの心 23,40,68-69,**122**
『百人一首』 10,179
表現解析 3,5,7,14,17,20,22,25,27,32,34,36,38,51,58-59,77,79,82,116,119-120,151,153,155,172,178,194,210
――――の方法（→「方法」）
表現効果 69-70,72,76,156,159-160,167,169,171,179-180,213
複語尾 32-33,45,69-70,76,**156-157**,159-160,170
複線構造 12,65,121,123
――――による多重表現（→「多重表現」）
部立 58,59
文化的生態 42-43,45
「平家女護島」 142-143,145
『平家物語』 36,118-120,124,135,140-143,146,149-153
方法 2,5,8-9,35,59,119,151,153,212
――論 77,118
表現解析の―― **2**,5,20,22,36
『枕草子』（『枕草紙』） 7,19,26,32,35-36,78-79,81,88,93,96,98,100

-101, 103-109, 114, 116, 118
『万葉集』 1, 23, 26, 40-41, 47, 56-57, 73, 184
みそひと文字（三十一文字） 12, 23, 39-40, 67, 123
メモ的叙述 98, 100-101, 103-106, 108-110, 114-117
――――法 35, 94, **99-100,** 106, 109
もどかしさ 24, 42, 67, **72-74,** 76, 180-181, 196-197
有脈テクスト論的観点 38, 52, **58,** 77, 213
詠み人知らず（読み人知らず） 10, 23, 24, **39-42,** 50, 55, 57, 60-61, 64-65, 72, 74, 133

竹林　一志（たけばやし　かずし）

1972年、茨城県生まれ（1歳半より東京［港区］で育つ）
2001年、学習院大学大学院人文科学研究科日本語日本文学
　　　　専攻博士後期課程単位取得満期退学
2003年、学習院大学より博士（日本語日本文学）の学位取
　　　　得
現在、日本大学准教授

著書
『現代日本語における主部の本質と諸相』くろしお出版、
　2004年（追補版：2007年）
『「を」「に」の謎を解く』笠間書院、2007年
『日本語における文の原理』くろしお出版、2008年

日本《に ほん》古典《こ てん》文学《ぶんがく》の表現《ひょうげん》をどう解析《かいせき》するか

2009年5月30日　初版第1刷発行

著者　竹林　一志

装幀　椿屋事務所

発行者　池田つや子
発行所　有限会社　笠間書院

東京都千代田区猿楽町 2-2-3［〒101-0064］
電話　03-3295-1331　FAX　03-3294-0996

ISBN978-4-305-70484-9

印刷／製本：シナノ
出版目録は上記住所または http://kasamashoin.jp/ まで。